El libro increíble

El libro increíble

Curiosidades y anécdotas
de todos los campos de la vida

Traducción de
Isabel Romero

CÍRCULO DE LECTORES

INTRODUCCIÓN

Particularidades asombrosas de hombres, animales y plantas

Seguramente no sabe que un mosquito tiene 47 dientes, que las pelotas de golf contienen miel en su interior o que constantemente se desencadenan en todo el mundo 1.800 tormentas, lo que a su vez da lugar a que se precipiten más de 100 rayos por segundo sobre nuestro planeta. Nuestro mundo bulle de hechos asombrosos. Asimismo, los animales y las plantas ostentan récords increíbles que nos pasan completamente desapercibidos. Son muchos los secretos fascinantes que permanecen velados a nuestros ojos durante mucho tiempo e incluso es posible que las curiosidades más sorprendentes estén aún por descubrir.

La propia Tierra puede depararnos sorpresas que nunca habríamos podido creer. Imagínese un río que de repente fluya en dirección contraria. Pues bien, por muy inimaginable que resulte, lo cierto es que ese río existe en realidad. Igualmente cierto es que la montaña más alta del mundo no deja de crecer, y todo parece indicar que en los últimos 100 años ha crecido aproximadamente 30 centímetros.

En el reino animal se observan casos no menos sorprendentes. Prueba de ello es que hay animales que nunca comen porque carecen de cavidad bucal; aunque parezca increíble, así es. La vida de las efímeras es tan corta que no necesitan alimentarse, de ahí que se vayan consumiendo paulatinamente hasta que se desvanecen. A diferencia de éstas, el cocodrilo dispone de unas mandíbulas extremadamente vigorosas y, sin embargo, un hombre de complexión normal es capaz de sujetarle el hocico sólo con las manos.

Las plantas poseen también rasgos espectaculares. ¿Quién podría pensar que el polen de las flores corrientes tiene una considerable fuerza explosiva? Pero así es, efectivamente, ya que el polen estalla al calentarse. Por lo demás, la mayor parte de las plantas que despiertan nuestra admiración cultivan sus dotes en silencio. Por lo que respecta a los vetustos árboles, éstos son tan desmedidos como nosotros mismos, aunque salta a la vista que superan a los hombres con creces. Los árboles corrientes alcanzan fácilmente los 100 años, mientras que un auténtico ejemplar *matusaleno* puede haber alcanzado los 11.700 años.

Con todo, la mayoría de las veces nos sorprendemos de nosotros mismos. Nuestro cuerpo muestra aptitudes para las que nunca le habríamos creído capaz, como por ejemplo su competencia en las reacciones químicas. Nuestro estómago segrega una concentración tan elevada de ácido clorhídrico que bastaría para corroer el hierro, y sin embargo nosotros no advertimos el menor síntoma. Por otra parte, los demógrafos pueden decir mucho sobre nosotros con sólo mirar hacia el pasado; han dado a conocer que en la actualidad vive una undécima parte del total de personas que han poblado la tierra desde mucho antes de la Edad de Piedra.

La capacidad del genio humano para acometer cualquier acto nos sorprende y nos horroriza a la vez. Su iniciativa para idear grandes proyectos resulta prácticamente insuperable. El zar Nicolás II es un buen ejemplo de ello. El soberano ruso pretendía construir un puente que uniera Estados Unidos y Rusia. ¿Cómo podría esto quedar en el olvido? Pero hay que decir también que una sola persona, un panadero, hizo que Londres se convirtiera en una amalgama de ruinas y cenizas simplemente porque olvidó apagar el horno antes de irse a dormir. ¿Acaso esta anécdota tiene algo que envidiar a la ficción? Y por otra parte, ¿conocemos o no conocemos al mejor falsificador? Evidentemente no, porque el mejor debe ser el que aún sea desconocido.

Y ¿qué sería de la vida si no existiera el azar? Por más improbable que resulte ganar la lotería, puede ser la manera de obtener prestigio en el mundo entero. Prueba de ello es que si Claude Monet no hubiera sido agraciado en un sorteo, tampoco existiría la mayor parte de su obra, porque lo cierto es que sólo pudo dedicarse a la pintura cuando la fortuna señaló su billete de lotería.

Pero, además, en nuestro mundo hay enigmas oscuros que nos inquietan y nos causan espanto. ¿Qué fue de los habitantes de la isla de Roanoke, que vivían frente a la costa de Carolina del Norte? ¿Por qué desaparecieron de la noche a la mañana sin dejar rastro?

Este libro intenta abordar todas estas cuestiones en toda su luz, apartándose de suposiciones y de historias que carecen de pruebas. Lo que aquí se cuenta es la verdad, que, como se verá, es por sí misma bastante sorprendente.

Déjese atrapar por las curiosidades que le aguardan en las próximas páginas, curiosidades que se agrupan en los siguientes capítulos:

El sistema cósmico y el universo
El Sol y el sistema planetario visto desde la perspectiva más sorprendente. ¿Qué probabilidades hay de que nos alcance un meteorito caído del cosmos? Algunos hechos inexplicables.

La Tierra
Desde los elementos y los fósiles que componen la Tierra, pasando por los países y lugares inhóspitos, hasta los volcanes y las grutas abismales.

El tiempo
Las cabriolas del tiempo: climas cálidos o fríos. Las tormentas y las lluvias. Interesantes datos sobre el viento y las nubes.

Animales
Animales enormes o diminutos, rápidos o lentos. ¿Hasta qué edad vive el animal más viejo? Todo lo que se ignora sobre los animales más comunes. Curiosidades sobre su anatomía y su peculiar comportamiento.

Plantas
Todos los secretos de las plantas, desde sus cualidades más comunes hasta las más desconocidas. Las plantas más grandes, las más pequeñas, las más viejas, las más robustas…

El hombre
Algunas particularidades sobre la complexión del cuer-

po humano. Casos excepcionales. Datos asombrosos sobre su desarrollo y sus increíbles capacidades.

Medicina

Curiosidades sobre las enfermedades y sus transmisores. Acontecimientos sorprendentes en la historia de la medicina. Proezas de la ciencia y cualidades desconocidas de los aparatos médicos.

La técnica

Inventos casuales y otros que funcionan sin que se sepa el porqué. Conquistas técnicas de diminutas o gigantescas dimensiones.

Soberanos y políticos

Reyes y reinas. El resplandor de la antigüedad. Extravagancias, malos entendidos y secretos, además de otras muchas curiosidades sobre presidentes y adivinos que a menudo intentaron imponer su caprichosa visión de las cosas.

Deporte, tiempo libre y aventura

Historias sobre los deportistas y sus proezas increíbles. Descabelladas aventuras y empresas absolutamente fuera de lo común acometidas en el tiempo libre.

Arte y cultura

Anécdotas curiosas acerca de la vida y la obra de artistas de todos los tiempos. Hechos sorprendentes del mundo de la cultura.

Errores y catástrofes

Pequeños deslices de enormes consecuencias. Falsas profecías y desmesuradas catástrofes.

EL SISTEMA CÓSMICO Y EL UNIVERSO

El universo está muy lejos de nosotros y lo más significativo es que durante mucho tiempo ha permanecido inaccesible, hasta el punto de que aún en nuestros días los hombres apenas lo rozan cuando abandonan la atmósfera de la Tierra con sus naves espaciales. Nadie ha llegado más allá de la Luna y las sondas espaciales más lejanas apenas han dejado atrás el sistema solar, que de por sí es sólo una insignificante estrella en el conjunto del universo. De ahí que las posibilidades de alcanzar los límites del cosmos sean prácticamente nulas.

Sin embargo, los hombres siguen haciéndose las mismas preguntas una y otra vez: ¿De qué se compone el universo? ¿Cómo funciona? El primero en plantearse esta pregunta fue el filósofo griego Tales que vivió unos 600 años a. C.

Desde entonces, nuestros científicos no han podido resolver los enigmas del cosmos, aunque han descubierto muchos y nuevos misterios allí fuera, en ese abismo interminable. Por ejemplo, los agujeros negros, cuyo núcleo de materia es tan denso que su fuerza de gravedad impide la propagación de los rayos luminosos; o Pulsare, una estrella tan veloz que tarda sólo segundos en girar sobre su eje.

Tampoco nos explicamos por qué en un eclipse solar la Luna se vuelve de repente tan grande que cubre el disco solar, mientras la corona, o sea su aureola brillante, queda visible, aunque esto es precisamente lo que nos permite observar el fenómeno desde la Tierra sin dificultad alguna. Según se ha podido saber, esta circunstancia sólo se manifiesta en este planeta, pero no hay razón astronómica que lo explique.

Una simple mirada al universo es suficiente para adquirir conocimientos sorprendentes. Sabemos, por ejemplo, que el volcán más grande de la Tierra no deja de ser insignificante comparado con el más grande de Marte; o que nuestro sistema solar, y por lo tanto también nosotros, se mueve a una velocidad de unos 270 kilómetros por segundo alrededor del centro de la galaxia.

Aunque conocemos con bastante exactitud de qué se compone el universo, la respuesta sigue pareciéndonos decepcionante y aburrida. Los elementos fundamentales del universo son los mismos que los de la Tierra, lo que significa que un 99 % se compone de carbono, hidrógeno, nitrógeno y oxígeno. Muchos científicos de prestigio parten de este hecho para justificar que el universo ha sido creado del mismo modo en todas partes y que, por ende –de acuerdo con estas reglas químicas–, la vida tendría que ser perfectamente posible en cualquier lugar. Ahora bien, no todos los científicos que estudian el universo comparten esta opinión. Tampoco coinciden en torno a la cuestión de cuándo se originó el cosmos y cuándo tocará a su fin. Con todo, se apuesta por la teoría según la cual el nacimiento del mundo se produjo a consecuencia de una violenta explosión hace unos 20.000 millones de años. De acuerdo con la misma teoría, habrán de transcurrir al menos otros 20.000 millones de años hasta que se destruya y desaparezcan todas sus estructuras tal como las conocemos hoy.

No obstante, como hemos dicho, se trata únicamente de una hipótesis; quizás el universo nos depare otras sorpresas muy distintas.

Extraterrestres

Estados Unidos ha impulsado un proyecto orientado a la búsqueda de extraterrestres. El SETI (Search for Extra Terrestrial Intelligence), nombre con el que se conoce a esta entidad, utiliza para ello ondas hertzianas. Con la ayuda de potentes radiotelescopios se exploran determinadas constelaciones emitiendo señales que acaso podrían ser identificadas por seres inteligentes; en el marco del SETI se emiten también –igualmente desde la Tierra– señales de radio. Asimismo, el organismo aeroespacial estadounidense, la NASA, participa activamente en la investigación de vida extraterrestre. Muchas de las naves que ha lanzado al espacio iban provistas de placas con inscripciones referentes a la Tierra y a sus habitantes.

No obstante, es bastante poco probable que ninguno de ambos métodos tenga éxito dado que la estrella más próxima, la Alpha Centauri, se encuentra a una distancia de 4,3 años luz de nuestro planeta (esto quiere decir que la luz necesitaría 4,3 años para conseguir llegar desde allí hasta nosotros), o sea, a una distancia equivalente a 40 billones de kilómetros. Las sondas espaciales terrestres tardan varios miles de años en hacer este recorrido. En vista de que ni siquiera las ondas radiofónicas son más rápidas que la luz, tendríamos que esperar la respuesta al menos 8,6 años luz.

Meteoritos

Los meteoritos son fragmentos de roca procedentes del exterior de la Tierra que se internan en nuestra atmósfera. No cabe duda de que la probabilidad de ser alcanzado por un meteorito es reducida. De hecho, sólo se tiene noticia de siete casos en que han alcanzado a personas. Esto se debe a que en realidad sólo unas 150 toneladas de meteoritos llegan a la superficie terrestre, pues buena parte de ellos se desintegra al entrar en contacto con la atmósfera terrestre. Tanto es así que a veces provocan una auténtica lluvia de meteoritos, como la ocurrida en Arizona en el año 1966, donde pudo registrarse una concentración de aproximadamente 2.300 meteoritos por minuto en un lapso de tiempo de 20 minutos.

La mayor parte de los meteoritos que han colisionado con la corteza terrestre pesan sólo unos gramos o pocos kilos, aunque se tienen noticias de algunos que han alcanzado hasta 59 toneladas de peso. Por este motivo, algunos científicos creen que los grandes meteoritos que debieron de precipitarse sobre el planeta fueron los responsables de la repentina extinción de muchas especies de animales y plantas. Un impacto de esas características habría bastado para levantar grandes masas de polvo que provocaran un drástico cambio climático, y la consiguiente alteración de las condiciones de vida.

No se descarta la posibilidad de que hace 60 millones de años colisionara contra la superficie terrestre un meteorito de 10 kilómetros de diámetro, causando el éxodo de los que hasta entonces fueran dichosos saurios. Esta hipótesis es fácil de imaginar, sobre todo si pensamos que un meteorito de esta magnitud tendría una fuerza explosiva de 100 millones de megatones de TNT. La gran cantidad de cráteres que existe en la superficie de la Tierra hace suponer que este fenómeno pudo suceder varias veces. Asimismo, los científicos estiman que dentro de 75 millones de años podría volver a repetirse.

La última colisión de un gran meteorito fue en 1908 y ocurrió en Siberia, donde una zona de unos 4.000 kilómetros cuadrados quedó devastada por una misteriosa explosión cuya potencia sería comparable a la de 12,5 megatones de TNT.

Quásar

Hasta el carrusel más delirante del planeta es insignificante comparado con una estrella de neutrones. Esta estrella posee tanta masa en relación a sus escasas dimensiones que puede girar unas 30 veces por segundo alrededor de su eje sin desintegrarse, puesto que su colosal fuerza de gravedad la mantiene unida. No obstante, hay que considerar que a una gran distancia la fuerza de gravedad es extremadamente tenue. Así, por ejemplo, un simple imán con el que se intente atraer una moneda desde el suelo imprime una fuerza de atracción superior a la de la Tierra.

Una vida corta y difícil

Cuanto más compacta es una estrella, menos tiempo vive, ya que necesita mucha más energía para evitar desintegrarse. Las estrellas muy pesadas viven apenas un millón de años, de ahí que existan relativamente pocas. Por el contrario, el Sol tiene una vida de unos 11.000 millones de años.

Vacío absoluto

La extensión del universo es gigantesca. Pero si todos los núcleos de átomo que lo componen se concentraran en una única bola, podría encontrar cómodamente un hueco en nuestro sistema solar, pues ésta no sería más grande que un asteroide. Para ilustrar el vacío del universo con un ejemplo, baste decir que es comparable a un edificio de 30 kilómetros de anchura por 30 kilómetros de longitud y por 30 kilómetros de altura en el que hubiera un único grano de arena.

¿Sabes cuántas estrellitas...?

En algunas noches estrelladas y claras, siempre que estemos lejos de las luces de una ciudad, podemos ver sin necesidad de prismáticos un mar de estrellas. En realidad se pueden contar fácilmente, ya que apenas llegan a las 3.000 estrellas.

La sombra de una estrella

En el año 1054 d. C. explotó una supernova en la nebulosa de Cáncer que por las noches resplandecía más que Venus. Según reza en los informes, la estrella que había estallado podía verse a pleno día, y por las noches emitía incluso una sombra. Sin embargo, hay razones suficientes para pensar que esta supernova no fue la más grande que han visto los ojos del hombre, tal como apuntan las tradiciones y las leyendas.

Fuerza calorífica

Nuestro sol posee en su interior una fuerza calorífica de 10 a 20 millones de grados aproximadamente. Además, un dado de la materia que lo compone de sólo 10 centímetros de lado pesa unos 100 kilos; a modo de comparación, la misma cantidad de agua es 100 veces más ligera.

El Sol

La masa del Sol es tan grande que de él podrían surgir más de un millón de planetas como la Tierra. De hecho, un 99,8 % de la materia del sistema solar se encuentra en el Sol. Además, considerando la extensión del espacio, nuestro astro rey es sólo una estrella de tamaño medio. Esto significa que la mayor parte de ellas son más pequeñas y que sólo un 5 % son más grandes. Se calcula que en nuestra Vía Láctea hay continuamente unos 5.000 millones de estrellas.

Juego cambiante

Generalmente se considera que Plutón es el planeta más alejado del Sol, aunque esto no es del todo cierto. El hecho de que todos los planetas de trayectoria elíptica (es decir, ovalada) se muevan alrededor del Sol –y que cada uno de ellos pase por un perihelio y por un punto más alejado de aquél– favoreció la circunstancia de que Plutón se interpusiera en la órbita de Neptuno en 1979. De modo que, desde entonces, Neptuno es el planeta más alejado. Pero no lo será por mucho tiempo, ya que en marzo de 1999 Plutón volverá a ser el planeta que esté más lejos del Sol.

Movimiento complicado

Todos saben que la Tierra gira alrededor de su propio eje (una vez al día, dando lugar al día y a la noche) y que además gira alrededor del Sol (una vez al año, lo que origina el verano y el invierno). Pero aún hay más, porque al mismo tiempo la Tierra gira cada 27 1/3 días alrededor de un centro de gravedad que forma conjuntamente con la Luna. Este centro de gravedad no se encuentra en el exterior, en el cosmos, sino a unos 1.600 kilómetros de profundidad respecto a la corteza terrestre, puesto que la masa de la Tierra es considerablemente mayor que la de la Luna.

Manchas solares

Supuestamente, las manchas solares son irregularidades que se producen en el campo magnético del Sol. Los agricultores han podido comprobar que estas irregularidades ejercen una cierta influencia sobre la vida en nuestro planeta. Así, en el período en el que las manchas solares se manifiestan con mayor intensidad (cada 11 años llegan a su punto álgido), la producción de trigo es más notable que cuando el número de manchas solares es reducido.

Día corto

Aunque Júpiter es el planeta más grande del sistema

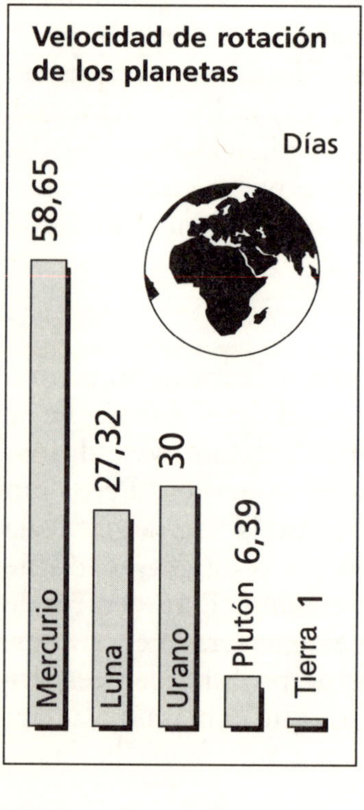

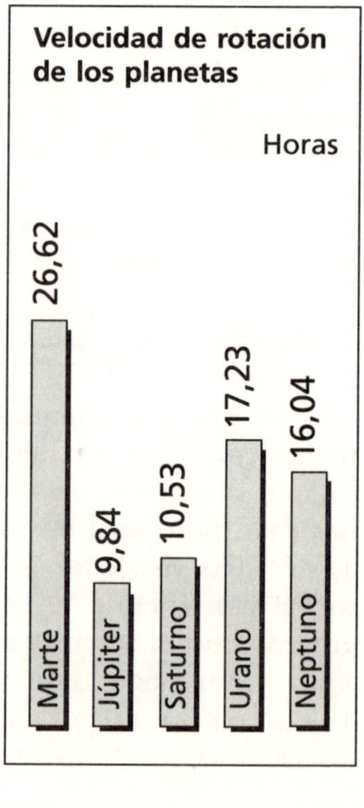

solar, éste gira sobre su propio eje con mucha más rapidez que cualquier otro, de ahí que su día solamente dure nueve horas y 55 minutos. En su rápida rotación, su corteza se mueve a una velocidad de unos 45.000 km/h. Por su parte, la velocidad de giro en la Tierra sólo es de 1.600 km/h.

Mientras que en la Tierra la frontera entre el día y la noche se sucede en el límite del ecuador a unos 1.600 km/h (teniendo en cuenta que desde el polo el ritmo disminuye), en el ecuador de la Luna esto ocurre a una velocidad de tan sólo 16 km/h, lo que significa que un ciclista podría seguir esta transición sin dificultad alguna.

Eclipse solar

En la Tierra, un eclipse solar nunca puede durar más de siete minutos y 31 segundos, a menos que siguiéramos la trayectoria del Sol en un avión rápido. Por esta razón, el 30 de junio de 1973, un eclipse solar duró más de una hora a bordo de un Concorde. En el año 2186 probablemente se podrá observar el eclipse solar «normal» más largo, cuya duración será de siete minutos y 29 segundos.

Profundos desfiladeros

El impresionante Gran Cañón de Estados Unidos resulta verdaderamente insignificante comparado con los desfiladeros de Marte. En este planeta, los canales son seis veces más anchos y por los menos cuatro veces más profundos. Se supone que debieron de ser originados por grandes ríos, al igual que los del Gran Cañón, aunque en la actualidad no se ha podido probar en absoluto la existencia de corrientes de agua en Marte.

Pequeñísima

Una de las materias que componen el universo no es sólo más pequeña que el átomo, sino que tiene una vida extremadamente corta. Los físicos nucleares han establecido que existen sólo en el ínterin de unas trillonésimas de trillonésima de segundo. Durante este lapso de tiempo, aparece un rayo luminoso que tarda sólo un cuarto de segundo en llegar de la Luna a la Tierra y ocho minutos y medio en llegar desde el Sol hasta la Tierra. Dicha materia tiene casi las mismas dimensiones que el diámetro del núcleo simple de un átomo (un protón).

Atmósfera

Ninguno de los planetas que giran alrededor de nuestro Sol tiene una atmósfera comparable a la de la Tierra. Únicamente Titán, una luna de Saturno, posee supuestamente una atmósfera similar. Por lo que sabemos, el satélite de Saturno, que mide 4.800 kilómetros, se compone exclusivamente de hielo. Aun así, los científicos creen que allí podría existir vida orgánica. Quizás algún día los hombres puedan investigarlo, ya que debido a su densa atmósfera y a su escasa fuerza de gravedad no debería ser problemático alunizar en Titán.

Tempestuoso

Cuando en agosto de 1989 la sonda espacial estadounidense Voyager 2 pasó por Neptuno, pudo descubrir las tempestades más violentas que jamás se hayan conocido hasta ahora. En Neptuno los vientos soplan a una velocidad de hasta 2.400 km/h.

Sagaces matemáticos

La mayoría de los planetas se descubrieron de una forma muy fidedigna, esto es, observando directamente el cielo; pero no ocurrió así con todos, puesto que fue preciso un cálculo metódico para localizar Neptuno y Plutón. Los matemáticos Adams y Leverrier, de Inglaterra y Francia respectivamente, calcularon dónde debía de encontrarse Júpiter a partir de ciertas irregularidades de la órbita de Urano y, en 1848, desde Berlín, el astrónomo John G. Galle orientó su telescopio en la dirección calculada, descubriendo Júpiter en el plazo de una hora.

Como hemos dicho, también se localizó Plutón gracias a formulaciones matemáticas basadas en las alteraciones orbitales de Júpiter y Urano. En 1978, astrónomos estadounidenses comprobaron que Júpiter posee una luna que gira alrededor del planeta a tan sólo 19.000 kilómetros de distancia (el satélite de la Tierra se encuentra a una distancia de 360.000 kilómetros). De esta forma pudieron hacerse dos curiosos descubrimientos: por un lado, que la luna de Plutón está en una órbita de rotación sincrónica respecto a la superficie de Plutón, lo que significa que siempre está sobre el mismo punto, si bien esto no puede explicarse mediante razonamientos científicos. Por otro lado, a los astrónomos aún les preocupa más que Plutón sea esencialmente más ligero de lo que se suponía antes de descubrir su luna. De hecho, su masa apenas debe de ser una octava parte de lo que se creía en un principio. La propia escasez de masa de Plutón lleva a pensar que él puede ser el causante de los trastornos orbitales de Júpiter y Urano que condujeron a su descubrimiento. Las irregularidades de las órbitas planetarias pueden deberse a la existencia de cuerpos celestes de alta densidad situados más allá de la órbita de Plutón; incluso podría tratarse de un nuevo planeta.

Clima lunar

La razón por la cual en la Luna es necesario un sofisticado traje de protección no es únicamente la ausencia de atmósfera y de presión, sino también los grandes cambios de temperatura a los que hay que adaptarse al atravesar la frontera del día y de la noche. Así, mientras que al calor del sol las temperaturas alcanzan los 120 °C, en la cara oculta de la Luna predominan temperaturas de aproximadamente 160 °C bajo cero.

Elemento desconocido

Durante un eclipse solar ocurrido en 1868, el Sol fue sometido a investigaciones espectroscópicas que se basaban en el hecho de que los gases calientes desprendían una onda luminosa de una longitud determinada. Pudieron descubrirse tales rayos, cuyo origen no podía ser atribuido a ninguno de los elementos conocidos hasta entonces. Por esta razón, decidieron llamar helio al presunto autor teórico de este fenómeno. Pero, de hecho, unos 30 años después, se descubrió helio en la Tierra.

Cráter lunar

Considerando que desde la Tierra sólo podemos ver un 59 % de la superficie lunar, los observadores terrestres consideran que el cráter Bailly, situado en las cercanías del polo sur de la Luna, es el de mayor tamaño, ya que su diámetro es de 295 kilómetros. No obstante, en la otra cara hay un cráter considerablemente mayor, pues mide 965 kilómetros de diámetro.

Escaso aire

Cuando se vuela a 160 kilómetros de altura, uno está prácticamente en el cosmos. A semejante distancia, la atmósfera de la Tierra es casi inexistente y su densidad es sólo de una milésima de millonésima parte de la que posee la superficie terrestre. Con todo, es sorprendente que el peso de la totalidad del aire que se encuentra a más de 160 kilómetros de altura siga siendo de unos seis millones de toneladas.

La estrella Polar

Todas las naciones costeras y los aventureros en países desconocidos encuentran en la estrella del Norte un guía infalible. Ésta se localiza exactamente en la prolongación que describe el eje terrestre sobre el Polo Norte respecto al cielo. La estrella del Norte recibe el nombre de estrella Polar y pertenece a la constelación de la Osa Menor. No obstante, en el año 2400 la estrella Polar dejará de ser la estrella del Norte, ya que será desplazada por Vega, otro cuerpo celeste que vendrá a ocupar su posición. Esto se debe al paroxismo del eje terrestre, que, a partir del año 2100, inducirá a la estrella Polar a cambiar de posición.

En el camino hacia la Luna

El 14 de septiembre de 1959, la sonda espacial soviética *Lunik II* se convirtió en el primer objeto construido por el hombre que llegó a la Luna; el *Lunik III* fotografiaba por primera vez su cara oculta el 4 de octubre de 1959, y, el 3 de febrero de 1966, el *Lunik IX* realizó el primer alunizaje sobre el satélite de la Tierra. Con todo, los primeros en enviar al hombre a la Luna fueron los norteamericanos. En las Navidades de 1968, el *Apolo VIII* daba la vuelta a la Luna con Frank Borman, James Lovell y William Anders a bordo. Más tarde, el *Apolo XI*, tripulado por astronautas, realizaba el primer alunizaje. Algún tiempo después, el 21 de julio de 1969, el módulo lunar *Eagle* se separaba de su nave nodriza *Columbia* –la cual habría de permanecer en la órbita lunar con Michael Collins a bordo– antes de alunizar con Edwin Aldrin y Neil Armstrong. Así que Neil Armstrong fue el primer hombre que puso un pie en el satélite terrestre, el 21 de julio a las 20 horas 56 minutos, hora de Nueva York.

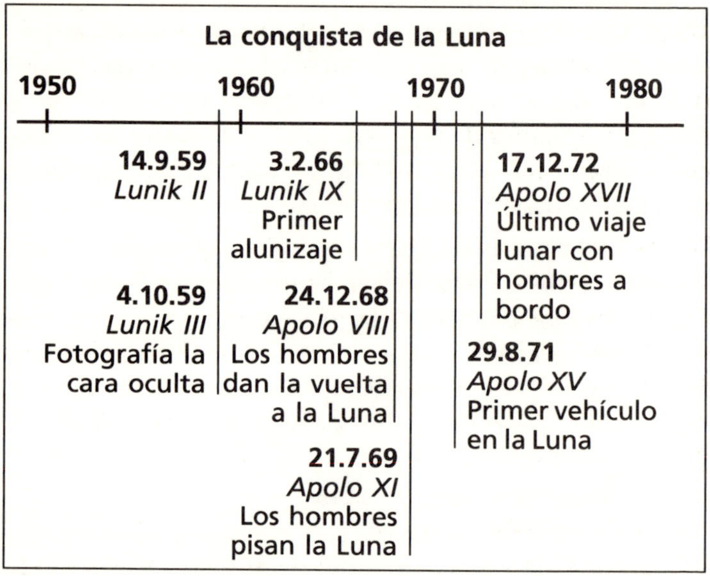

Los misterios de Venus

Los movimientos de los planetas están llenos de misterios. Uno de ellos nos lo ofrece Venus, un planeta que se interpone cada 584 días entre la Tierra y el Sol. Hasta que este acontecimiento vuelve a suceder, Venus ha girado cinco veces sobre su propio eje, de manera que cuando se sitúa entre el Sol y la Tierra, Venus nos ofrece siempre la misma cara. Ningún científico ha encontrado explicación alguna de este fenómeno.

Con todo, se barajan dos posibilidades: la primera podría ser que el campo magnético de la Tierra sometiera a Venus a este ciclo, aunque esta suposición resulta poco probable; la segunda posibilidad contempla que pueda tratarse de una simple coincidencia, lo cual parece aún menos probable.

Fuerza de gravedad

En el universo se han descubierto estrellas cuya materia es tan densa que sus partículas subatómicas entran en contacto entre sí. Dado que tales partículas son principalmente neutrones, a estas estrellas se las conoce también por este nombre. Resulta interesante imaginar qué ocurriría si nuestro Sol fuera al encuentro de una estrella de neutrones. Pues bien, el resultado sería que su diámetro quedaría reducido a apenas 14 kilómetros (actualmente es de unos 1.400 millones de kilómetros). Por otra parte, un objeto que en la superficie terrestre pesara un kilo, en este sol alcanzaría unos 20.000.000.000.000.000.000 de kilos de peso (20 trillones).

Agua universal

El enlace químico que aparece cuantitativamente con más frecuencia en el universo es el agua. Esto se deduce tras comprobar que el hidrógeno es el elemento que se presenta con más frecuencia en el universo, mientras que el oxígeno es el tercero; como es sabido, el agua se compone de ambos átomos. El segundo elemento más frecuente es el helio, pero tarda tanto en reaccionar que prácticamente no admite ningún enlace químico, así que, desde esta perspectiva, puede ser excluido.

LA TIERRA

Cuando el hombre rodeó por primera vez la Luna, en las Navidades de 1968, supimos que, desde la lejanía, nuestro planeta parece una piedra preciosa, incomparable con ningún otro cuerpo celeste. Pero una mirada desde el universo no basta para descubrir hasta qué punto la Tierra es verdaderamente fabulosa, ni hasta dónde llega su magia.

¿Quién puede imaginar que hay lagos como el de Balchas, que en un extremo contiene agua salada y en el otro agua dulce, ya que ambas corrientes quedan separadas en el medio por un banco de arena? ¿Quién sabe que África, aun siendo el continente más cálido de la Tierra, posee 13 kilómetros cuadrados de glaciares? Sólo Australia carece de glaciares, pero ¿acaso no los hay en Nueva Guinea y en Nueva Zelanda? Y ¿quién sabe que los 15 centímetros de la capa superior de un gran sembrado de 100 metros cuadrados contienen aproximadamente una tonelada de hongos, además de varias toneladas de bacterias?

Han tenido que pasar muchos millones de años antes de que el hombre poblara la Tierra; sin embargo, los viajes en busca de nuevos descubrimientos de los últimos 500 años nos han revelado ya los misterios de la Tierra, hasta casi en el último de sus confines. Nuestro planeta ha sido objeto de muchos descubrimientos en décadas anteriores, aunque principalmente destacan los relacionados con su estructura interna.

Así, en la actualidad sabemos, por ejemplo, de qué elementos se compone la Tierra. Entre ellos, el oro, que no es codiciado solamente como joya, sino también por sus singulares propiedades físicas, a saber, la ductilidad. Así, una onza de oro –28,35 gramos– o una pepita del tamaño de una uña pueden aplanarse hasta cubrir una superficie de 9,2 metros cuadrados; en cambio, si se estira formando un alambre, este material puede alcanzar una longitud de 80 kilómetros sin que el cordón se rompa.

Incluso los componentes de la corteza terrestre que se nos antojan menos valiosos poseen en realidad fabulosas propiedades. Por ejemplo, si transformásemos un gramo de materia en energía pura, ésta bastaría para que una bombilla de 100 vatios desprendiera luz durante 30.000 años aproximadamente, o sea, desde la época en que desapareció el hombre de Neandertal hasta nuestros días.

No podemos olvidar que la superficie terrestre se manifiesta de múltiples maneras. Hay gigantescos y profundos mares, zonas montañosas colosales, altísimas cataratas, amenazantes y atrayentes desiertos, hielos flotantes, cañadas, volcanes, y todos son prodigios de la Tierra, como veremos a continuación.

Fenómenos de la bañera

Quien se detenga a comprobarlo podrá observar que el agua de la bañera siempre fluye por el desagüe con una rotación en espiral hacia la derecha, suponiendo que la bañera esté instalada en alguna parte del hemisferio norte, claro está. Por su parte, al sur del ecuador el agua fluye hacia la izquierda. El origen de este fenómeno hay que buscarlo en la rotación de la Tierra; todo objeto en movimiento se acompaña de un movimiento giratorio correspondiente, de modo que tanto da si se trata de pequeñas cantidades de agua como de una pelota.

Campo magnético

La Tierra posee un campo magnético que, entre otras cosas, desvía las radiaciones procedentes del cosmos, evitando así que penetren en la corteza terrestre. Las mediciones a este respecto muestran que dicho campo magnético se va reduciendo constantemente; de continuar así, dentro de 2.000 años el campo magnético habrá desaparecido por completo. Con todo, hay pocas posibilidades de que esto ocurra ya que, por lo que sabemos, el campo magnético de la Tierra es oscilante, es decir, el polo norte magnético se convierte en el polo sur magnético y viceversa. Este mismo fenómeno ya ha sucedido otras veces en el transcurso de la historia (los científicos estiman que en 171 ocasiones), como prueban las alteraciones apreciables en los distintos estratos geológicos. Es posible que estemos en vísperas de que se produzca una nueva alteración de este tipo, aunque se desconoce por completo los efectos que podría tener.

El Sol en el Norte

En torno al año 500 a. C., un navegante fenicio llamado Hanno navegó alrededor del extremo sur de África, pero ninguno de sus contemporáneos le creyó porque afirmaba que el sol se situaba allí al Norte. Sin embargo, gracias a ese detalle sabemos que Hanno dio efectivamente la vuelta a África.

Marea alta y marea baja

Como en el mar Mediterráneo no existe la pleamar ni la bajamar, los habitantes de las antiguas Grecia y

Roma ignoraban el fenómeno de las mareas. César perdió muchos barcos al conquistar las islas Británicas, porque los altos mandos militares no tenían noticias de la marea alta ni de la marea baja.

La dureza del hielo

Las mediciones realizadas con ayuda de métodos físicos revelan que el hielo es tan duro como el cemento.

Metal líquido

¿Hay algún metal líquido a temperatura ambiente? Sí, el mercurio, que se solidifica a 38,87 grados bajo cero. En un día cálido, algunos metales poco comunes, como el cesio y el galio, también se vuelven líquidos; se derriten a 28 y 30 °C, respectivamente.

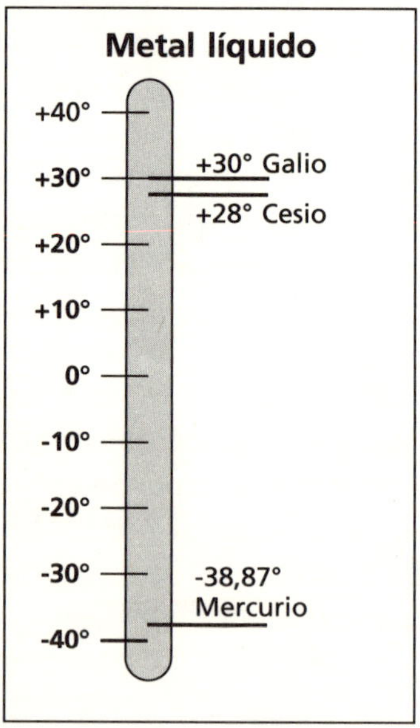

Lagos subterráneos

En 1989, al oeste de Australia, se descubrió un lago subterráneo situado entre los 200 y los 1.000 metros de profundidad, lago que ocupa una superficie de 3.000 kilómetros cuadrados.

Pepita gigante

La pepita de oro de mayores dimensiones se encontró en Australia y pesa alrededor de 100 kilogramos.

Catarata

Es posible que las cataratas del Niágara sean las más famosas de la Tierra, pero las cascadas más altas del planeta están en Venezuela y son 20 veces más altas que las del Niágara.

Caverna colosal

En 1980 se descubrió en Malaisia una cueva de 700 metros de longitud por 300 metros de anchura y por lo menos 70 metros de altura. Un tamaño suficiente para albergar en su interior más de 30 estadios de fútbol.

Agua y hielo

Es sabido que el agua pura se congela a 0 °C, aunque esto puede fluctuar. Siempre que esté libre de aditivos y no se mueva en absoluto, el agua permanecerá en su estado líquido hasta varios grados por debajo de su punto de congelación.

Todo depende del oro

Para obtener unos 30 gramos de oro hay que extraer de las minas sudafricanas alrededor de dos toneladas de roca. No se puede negar que el hombre siempre se ha tomado muchas molestias con tal de conseguir oro, aunque en ocasiones éstas hayan sido en vano. Isaac Newton, el padre de la física moderna que desarrolló la ley de la gravedad –entre otras cosas–, dedicó buena parte de su vida a la búsqueda de la piedra filosofal que pretendía utilizar para fabricar oro. Una osadía que, como hoy sabemos, se perdió en el olvido.

La gran inundación

Si todo el hielo que hay en el mundo se fundiera por completo –y esto supondría unos 23 millones de metros cúbicos–, el agua de los océanos apenas aumentaría a razón de un 1,7 %. Ciertamente, no parece mucho. Aun así, el nivel de los mares subiría unos 60 metros en todo el planeta, de modo que buena parte de las tierras próximas al mar quedarían sumergidas bajo las aguas.

Indeciso

¿Puede existir un río que fluya durante una parte del año hacia el Norte y otra parte del año hacia el Sur? Pues sí, así es. Se trata del Tonle Sap, que pasa por Camboya. La época de lluvias hace que su corriente se invierta. Durante este período anual, el Tonle Sap aprovecha la fuerte crecida del Mekong para conducir una parte de su agua hacia un gran lago; posteriormente, vuelve a llevar su corriente hacia el Mekong.

Historias de oro

En los mares de la Tierra están diluidos nueve millones de toneladas de oro, pero la concentración no es suficientemente densa para que su transformación resulte ventajosa.

Montañas de hielo

En nuestros días, los navegantes siguen temiendo encontrarse con una montaña de hielo, aunque lo cierto es que raramente las encuentran muy al Sur (o muy al Norte, en caso de que hablemos del Polo Sur). Con todo, a mediados del verano de 1934, se avistó un iceberg en la latitud geográfica de Florida. Por otra parte, el iceberg de mayores dimensiones que se ha visto hasta ahora medía 330 kilómetros de longitud por unos 100 kilómetros de ancho.

¿Indestructible?

El diamante es uno de los materiales más duros que existen, de ahí que se considere indestructible. Tanto es así que sólo se quema a temperaturas de 750 °C, convirtiéndose entonces en polvo de carbono (del que también se compone).

Puentes vivientes

Cuando en Indonesia los agricultores tienen que pasar de una a otra orilla de un río, a veces recurren a plantar en cada una de ellas dos especies de árboles distintos, conocidos con los nombres de Barak y Kubang, respectivamente. Algún tiempo después, las raíces de estos árboles se unen estrechamente y crecen juntas hasta convertirse en un puente resistente que puede durar varias generaciones.

Un diamante gigantesco

El diamante más grande del mundo resultó tan irreconocible que parecía un trozo de vidrio sucio, como observó el rey inglés Eduardo VII, quien –a decir de algunos– no le prestó la menor atención. El Culligan, nombre que se le dio al hallazgo, pesó unos 700 gramos, lo que equivale a 3.106 quilates. Posteriormente, fue fragmentado en 105 piedras, entre ellas la célebre Estrella de África y el Culligan II, que hoy pertenece a las joyas de la corona británica.

Desierto verde

Hace 20.000 años, los glaciares cubrían gran parte de Europa. En aquel entonces, el desierto más grande del planeta –el Sáhara– era una tierra verde y fértil, como se deduce de los muchos hallazgos arqueológicos que se han encontrado.

Camino de las profundidades

¿A qué profundidad puede descender un hombre sin dejar de estar en la superficie terrestre? Para ser exactos, a 393 metros por debajo del nivel de mar. Precisamente a esta profundidad se encuentra el país por el que pasa el Jordán, río que desemboca en el mar Muerto. Si alguien desea descender más aún, tiene que bajar a una mina o hacer inmersión en un sumergible.

El gran desconocido

El metal más común de la Tierra es el aluminio; sin embargo, en la antigüedad era absolutamente desconocido y hasta 1825 aproximadamente no se descubrió la forma (aunque poco apropiada) de fabricarlo. El aluminio nunca aparece en la naturaleza en estado puro, sino mezclado.

Contenido en oxígeno

Dejando a un lado el peso y considerando sólo el volumen, un 94 % de la corteza terrestre no es más que oxígeno.

Granitos redondos

Cada grano de arena es una bola redonda que puede permanecer de tal suerte millones de años. Pero esto no ha sido siempre así. Los «nuevos» granos de arena se van tallando a medida que los mueve el viento, y sólo empiezan a desgastarse cuando han adquirido su forma redondeada.

Al Sur

Casi todos creen que el cabo de Hornos es el extremo sur del continente americano, pero se equivocan, ya que este punto se encuentra a 260 kilómetros al norte de la península de Brunswick. El cabo de Hornos es el extremo sur de la isla de Hornos.

Fuerza del agua

Cada kilómetro cuadrado de la Tierra soporta la erosión del agua, independientemente de que se trate del agua de un río, del mar o del hielo, lo que significa que alrededor de 135 toneladas de tierra sufren anualmente este fenómeno. Partiendo de esta premisa, dentro de 20.000 años, la erosión habría arrasado aproximadamente un metro de tierra; y dentro de 20 millones de años, toda la superficie terrestre descansaría bajo las aguas. No obstante, los procesos orogénicos que se generan en el interior del planeta vuelven a alzar grandes superficies continuamente.

La montaña más alta

Con una altura de 8.863 metros (según las mediciones más recientes), el conocido pico del Everest, en el Himalaya, es la montaña más alta del mundo. Ahora bien, en caso de medir la altura desde la base, este coloso sería aventajado por la montaña más alta de Hawai. Así es, la cima del Mauno Koaya se eleva a sólo 4.200 metros de altura, pero su base se localiza en el fondo marino, a unos 5.500 metros de profundidad. Ambas partes suman una altura de 9.700 metros.

Origen de la vida

El oxígeno era absolutamente mortal para los primeros organismos terrestres designados como seres vivos. Es más, incluso en la actualidad existen microorganismos que sólo pueden sobrevivir sin oxígeno.

Profusión de elementos

Actualmente se conocen un total de 105 elementos. Pero habría que preguntarse qué sentido tiene esta prodigalidad de la naturaleza, ya que, en definitiva, un 98 % de la materia terrestre se compone únicamente de seis elementos, a saber, hierro, magnesio, níquel, oxígeno, azufre y silicio.

Crecimiento

La montaña más alta de la Tierra sigue creciendo. El Everest ha crecido unos 30 centímetros en los últimos 100 años y sigue creciendo todavía, pero no es el único gigante al que le sucede esto. Muchas cordilleras del planeta experimentan un aumento de altura gracias a los procesos orogénicos a los que deben su origen y de los cuales cabe esperar que sigan ejerciendo su influencia durante mucho tiempo.

Alrededor de la Tierra

En nuestros días, dar la vuelta al mundo se ha convertido en un acontecimiento casi cotidiano. Pero no lo era tanto en 1895, año en que el estadounidense Joshua Slocum tomó la salida en un barco de vela, culminando con éxito su viaje tres años después. A lo largo de las 40.000 millas de travesía por los mares del mundo, Slocum estuvo completamente solo a bordo y su «barco» medía únicamente 12 metros de eslora.

Color del Sol

El sol del atardecer suele ser mucho más rojo que el del amanecer debido a que, a menudo, el aire tiene bastante más polvo por la tarde que por la mañana.

Aire limpio

La humanidad muestra escaso interés por conservar el aire limpio. Prueba de ello es que cada año arrojamos a la atmósfera alrededor de 1.000 millones de toneladas de partículas residuales, siendo éste un cálculo optimista. Estas partículas de suciedad bastarían para cubrir un cráter de un kilómetro y medio de profundidad.

Tierra a la vista

Se considera que la Antártida es la zona más fría de la Tierra. En aquellos lugares, el hielo perpetuo se eleva a miles de metros de altura. No obstante, también hay algunos parajes que carecen de hielo, aunque constituyen sólo un 5 % de todo el polo. La razón por la cual estas superficies permanecen sin hielo se debe al viento.

Meteoritos

¿Qué posibilidades hay de ser alcanzado por un meteorito? Seguramente no muchas; hasta ahora sólo se tienen noticias de siete casos en los que tales fragmentos llegados del cosmos han alcanzado a personas. Con todo, los meteoritos no son nada fuera de lo común, sobre todo si tenemos en cuenta que cada año se precipitan sobre la Tierra unas 150 toneladas de ellos. No obstante, la mayor parte de las veces dichos fragmentos resultan diminutos incluso al microscopio.

La Tierra es redonda

Cuando Colón llegó navegando hasta América, sabía desde hacía mucho tiempo que la Tierra era redonda, aunque ignoraba que en el transcurso de su viaje a Las Indias habría de toparse con América. Ahora bien, la primera persona en afirmar que la Tierra no era una superficie plana fue el filósofo griego Anaximandro, que vivió en torno al año 560 a. C., esto es, unos 1.000 años antes que Colón. Basándose en la forma esférica, Anaximandro podía explicar por qué al aproximarse un navío, desde el horizonte siempre se ve primero la punta del mástil, luego las velas y finalmente el casco del barco.

La sal

En nuestro planeta se acumulan alrededor de 1.400 kilómetros cúbicos de sal. Sin embargo, cuando en la Tierra se formaron los primeros riscos, apenas había sal. Posteriormente, éstos permanecieron totalmente sumergidos en las aguas del mar durante eras sucesivas, razón por la cual toda sal es sal marina.

Agua del mar

Los océanos de la Tierra albergan más de 1.400 millones de kilómetros cúbicos de agua, esto es, 14 × 1.021 litros de agua(14 con 20 ceros = 14 trillones). Si los mares tuvieran todos la misma profundidad, de modo que cubrieran todo el planeta, la capa de agua tendría un espesor de 2.400 metros. Cabe decir que cada kilómetro cúbico de agua contiene entre 35 y 40 toneladas de minerales diluidos.

¡Atención, tsunami!

Los tsunamis son olas de mar que se originan con los terremotos. La mayoría de las veces suele aparecer uno solo y pueden adquirir dimensiones insólitas; se pudo observar una ola tsunami de 85 metros de altura. Además, estas olas pueden avanzar a una velocidad de 700 km/h.

Sobre el Atlántico

George Harbo y Frank Samuelson querían cruzar el vasto océano Atlántico en un barco de remos, de modo que se pusieron a remar y, efectivamente, al cabo de 55 días consiguieron su objetivo. Esto ocurría ya en 1896.

Principio de rotación

La Tierra gira alrededor de su eje una vez al día, de manera que quien se encuentre exactamente en el polo girará a cero kilómetros por hora. Por el contrario, los habitantes del ecuador se exponen a una velocidad de rotación de más de 1.600 km/h, aunque no se advierte diferencia alguna.

Río bajo el desierto

Los habitantes del desierto del Sáhara siguen contando antiguas leyendas que hacen referencia a Bahr-bela-ma, una gran red fluvial que debía de haber allí en otra época. Sin embargo, no hubo indicios de ella hasta que los estadounidenses empezaron a surcar el espacio con lanzaderas espaciales. Las imágenes de radar que se tomaron desde el cosmos mostraban claramente que ese sistema fluvial existió en realidad, aunque en la actualidad sus rastros hayan quedado cubiertos por la arena.

Fósiles recientes

Muchas zonas de la Tierra todavía ocultan restos de animales prehistóricos que en su mayoría se extinguieron hace mucho tiempo. Por lo general se trata de fósiles. Sin embargo, en 1977 se encontró en la tundra siberiana un cachorro de mamut protegido por una capa de hielo, cantos rodados y barro al que sólo le faltaba vivir, por así decirlo. Este cachorro de mamut permitió a los científicos observar por primera vez cómo era un mamut en realidad e incluso estudiar sus órganos. Pero aún permitió algo más, porque el cadáver estaba tan bien conservado que algunos investigadores probaron un pedacito.

¿La Tierra es redonda?

La Tierra es redonda. ¿Acaso no es así? Quien desee comprobar exactamente las medidas se dará cuenta de que ésta es una verdad relativa, dado que en el ecuador el diámetro de la Tierra es de 12.756,27 kilómetros, mientras que en el eje polar sólo alcanza 12.713,51 kilómetros. Se diría que la rotación de la Tierra se cuida de achatar levemente su forma esférica.

Agua caliente

En toda la Tierra van apareciendo una y otra vez lugares de donde brota agua caliente a intervalos determinados; la mayoría de las veces se trata de surtidores de 20 a 50 metros de altura, de ahí que suelan ser muy impresionantes. El géiser más alto se pudo observar en Nueva Zelanda en 1904; lanzaba agua hirviendo a 457 metros de altura.

Problema Este-Oeste

Quien sepa que el canal de Panamá, situado en América Central, une el océano Atlántico con el Pacífico podrá responder fácilmente a la siguiente pregunta: ¿Qué entrada del canal está más al Oeste, la del Pacífico o la del Atlántico? La mayoría piensa que la desembocadura del Pacífico está más al Oeste, pero se equivocan; de hecho, la desembocadura del Atlántico es la que está más lejos.

Muy lejos

Para hacernos una idea de la inmensidad del mar, basta contemplar la isla más remota del mundo. Se llama Tristan da Cunha y está situada al sur del Atlántico. La tierra firme más próxima es la isla de Santa Elena, que se halla a una distancia de 2.120 kilómetros. Aún más lejos –del mar, evidentemente–, se encuentra un punto en el desierto chino de Dzoosotyn-Eilisen, desde donde es necesario desplazarse al menos 2.648 kilómetros para llegar al mar más próximo, independientemente de la dirección que se tome.

EL TIEMPO

Uno de los momentos más emocionantes del día es por la mañana, cuando miramos al cielo para averiguar qué tiempo hace. Según las encuestas, casi todas las personas adultas siguen este ritual, indistintamente del lugar del globo en el que viven, de la profesión, la formación o las ideas de cada uno, por supuesto.

Nuestra reacción ante la situación meteorológica que acompaña a esa mirada matutina y reveladora hacia firmamento, es también muy personal; los agricultores se alegran de la lluvia después de una larga sequía; quienes están de vacaciones prefieren el sol, aunque lo cierto es que nadie disfruta tanto de un día soleado como los niños.

No hay duda de que, si fuera posible, nos gustaría saber con mucha más antelación –si cabe– qué día va a hacer mañana. Pero pese a los cuantiosos avances técnicos, a los innumerables satélites que constantemente observan de cerca cada nube de la atmósfera y a los sofisticados ordenadores que computan las variaciones climáticas –a partir de los miles de datos que llegan de las estaciones meteorológicas de todo el planeta y del universo–, con frecuencia nos llevamos una sorpresa, porque contra los pronósticos que anunciaban un día soleado, amanece lloviendo. ¿A quién no le ha sucedido?

De hecho, no estamos capacitados para hacer predicciones meteorológicas exactas y válidas con un margen de tiempo superior a las 24 horas. Aun dentro de este plazo, hay que pensar que siempre existe un 80 % de probabilidades de acertar cuando se anticipa que mañana hará un día idéntico al de hoy; los profesionales de la meteorología logran un índice de aciertos ligeramente superior a un 90% según los pronósticos meteorológicos que se realizan.

Nadie puede saber de antemano qué tiempo hará en las próximas vacaciones y, desgraciadamente, ni siquiera las conjeturas de los agricultores son totalmente infalibles.

Sin duda, desearíamos poseer muchos más conocimientos sobre climatología, ya que no todas las equivocaciones de los meteorólogos se pueden solventar con sólo abrir un paraguas. Es más, el tiempo puede convertirse en cualquier momento en una verdadera amenaza. Ciclones, tormentas con aparato eléctrico, aguaceros diluviales, grandes tempestades, además de otras sorpresas, son parte integrante del cóctel meteorológico que acecha a los habitantes de la Tierra. Baste decir, por ejemplo, que más de medio millón de personas perdieron la vida cuando un tifón asoló el este de Pakistán en 1970; y que en Estados Unidos mueren anualmente más personas a causa de los rayos que por cualquier otro desastre natural, a saber, unas 400 por término medio.

Los cambios meteorológicos no sólo nos sorprenden con sus amenazas, sino que también nos permiten ver su lado inofensivo y asombroso. Éste es el caso de los famosos relámpagos esféricos que, al parecer, deben de ser similares a un pequeño globo de fuego, aunque nunca se ha demostrado su existencia y nadie sabe a ciencia cierta si existen en realidad. No menos increíbles resultan las piruetas que describe el clima. ¿Acaso nos podemos imaginar, por ejemplo, que el río más grande de África, el Nilo, estuviera helado alguna vez? Pues así fue, en efecto. Y no precisamente en la prehistoria, ya que entonces el clima de la Tierra era completamente distinto, sino mucho después. Se tiene conocimiento de que por lo menos en 829 y en 1010 d. C. el Nilo estuvo congelado, a causa, presumiblemente, de uno de esos cambios de humor del tiempo, de los que seguiremos hablando en las páginas siguientes.

La era glacial

¿Cuánto tiene que variar el clima para que en la Tierra despunte de nuevo la era glacial? Pues en realidad no mucho, porque en el momento en que la energía solar disminuyera sólo un 2%, podría nevar incluso en el ecuador y algún tiempo después empezarían a congelarse los océanos. Así, por ejemplo, las grandes nubes de polvo que pudieran originarse a consecuencia de una guerra nuclear mundial bastarían para que los rayos solares perdieran intensidad.

Truenos y relámpagos

Un rayo puede liberar hasta 3.000 kilovatios de energía. La mayor parte de la misma se transforma en calor, razón por la cual el aire que está alrededor del rayo se calienta hasta alcanzar incluso los 15.000 °C. Este calor que se propaga en el aire de forma tan repentina genera a su vez ondas de sonido, que no son sino relámpagos.

Gigantesca energía

Los estragos que ocasionan los huracanes hacen suponer que estos ciclones acumulan grandes cantidades de energía. Y así es, efectivamente; la potencia que generan bastaría para abastecer de energía eléctrica a toda Europa durante medio año.

Un mundo frío

Seguramente, a nadie le sorprende que el lugar más frío de la Tierra se encuentre en la Antártida (89,2 °C bajo cero). No obstante, los lugares más fríos del hemisferio norte no se encuentran en la región ártica precisamente, sino en un pequeño pueblo de Siberia que se halla a unos 300 kilómetros al sur del círculo polar donde, en una ocasión, la temperatura descendió a nada menos que 71 °C bajo cero. Ahora bien, en ninguna parte hace tanto frío como en las alturas. Entre los 80 y los 95 kilómetros de altura, es decir, aún en el interior de la atmósfera terrestre, la temperatura es de 120 a 140 °C, bajo cero, evidentemente.

Tierras cálidas

Desde 1922, Al'Aziziah (Libia) ha adquirido la fama de ser el lugar más cálido de la Tierra al registrarse hace años 58 °C a la sombra, temperatura que –por otra parte– nunca fue comprobada oficialmente. Sin duda, otro lugar no menos cálido es el Valle de la Muerte (California) donde las temperaturas ascendieron hasta 56,7 °C, a la sombra, desde luego. No obstante, según el promedio anual, Etiopía es el país más caluroso, puesto que la estación meteorológica de Dallol ha registrado allí una media de 43 °C.

Tormentas

En la Tierra se desencadenan constantemente unas 1.800 tormentas que provocan tantos rayos en todo el planeta que éstos se suceden a razón de unos 100 por segundo. Asimismo, Uganda es el país en el que se produce un mayor índice de tormentas, más de 200 al año.

Tiempo al ralentí

En los relojes de péndulo, el tiempo transcurre más despacio durante el verano por la simple razón de que la mayoría de los materiales se dilatan con el calor. De ahí que el reloj de péndulo necesite más tiempo para dar la vuelta a toda la esfera.

Gotas de lluvia

A mediados de marzo de 1952, la isla de Reunión, situada en el océano Índico, sufrió la sacudida de un gran aguacero. De no ser porque el agua estuvo fluyendo hacia el mar durante las 24 horas que duró la crepitante lluvia, ésta habría alcanzado una altura de 1,87 metros en toda la isla. No obstante, ha existido otro chaparrón aún más violento. La lluvia que estuvo cayendo sobre Cherrapunji (India) durante todo el mes de julio de 1961 alcanzó los 9,3 metros de altura, y llegó a registrar un nivel anual de 26,46 metros. De todos modos, el lugar más lluvioso es Kauai (Hawai), con unos 350 días de lluvia anuales.

Longitud de los rayos

Como podemos apreciar, todos los rayos no tienen la misma longitud. Lo sorprendente es, sin duda, que su longitud pueda oscilar entre 60 y 6.000 metros. Tal variación depende básicamente de la altura de las nubes.

Copos de nieve

Es sabido que no hay dos copos de nieve iguales y que cada uno es único. Pero, de hecho, los copos de nieve sólo pueden adoptar siete formas diferentes, entre ellas la estrella de siete puntas o la de alfiler. La razón por la que su forma final es distinta se debe a la temperatura y a la humedad del aire que hay en el ambiente mientras van cayendo los copos.

Sin verano

Alguna vez se ha dado el caso de que el verano ha desaparecido de repente. La última vez sucedió en 1816, año en el que no se pudo cazar ni un solo pato en toda Europa. La causa hay que buscarla posiblemente en una nube de polvo volcánico que fue a parar a la atmósfera tras la erupción del Tomboro en Indonesia. Al parecer, ésta debió de retener los rayos solares, haciendo que la nieve se tiñera de rojo y violeta. Frente a esta teoría, cabe observar que en 1883, año en que hizo erupción el volcán Krakatoa, no se observó cambio climático alguno, pese a que las circunstancias fueron similares. De ahí que el enigma del verano desaparecido siga aún sin resolver.

Ventisca

En el monte Washington, que se encuentra en el estado federal de New Hampshire, el viento sopla muy intensamente, prueba de ello es que se han registrado velocidades de 371 km/h. Los tornados, que se originan básicamente en el Medio Oeste americano, alcanzan una velocidad de 450 km/h y hay noticias de que estos torbellinos de viento han llegado a registrar la increíble velocidad de 600 km/h. Por otra parte, no es la primera vez que una casa ha quedado totalmente destruida en fracciones de segundo a consecuencia de un tornado, mientras que la casa contigua no ha sufrido desperfecto alguno. Es más, los tornados han llegado a levantar a personas por los aires, las han desplazado a una cierta distancia y las han vuelto a depositar suavemente en el suelo.

Riesgo

Sabemos que cuando sobreviene una tormenta deben evitarse los árboles altos a causa de los rayos. Pero ¿dónde podemos sentirnos más seguros y dónde no? Hay un dicho que aconseja dirigirse al lugar donde anteriormente haya caído un rayo, pero esto no es así, sino todo lo contrario. Es más probable que el rayo vuelva a caer precisamente en el lugar donde ya ha caído uno, pues la corriente eléctrica y las descargas siempre se orientan hacia el lugar donde encuentran menos resistencia.

Remolino acuático

En ocasiones, se puede formar un remolino de viento en un punto muy concreto del mar o de un lago; éstos succionan el agua y la elevan por los aires, aunque en general suelen medir escasos metros de altura. Con todo, en el año 1898 se pudo observar frente a la costa australiana una tromba de agua que, aparentemente, alcanzaba unos tres metros de diámetro; en cuanto pudo comprobarse su altura con un teodolito, se supo que era de nada menos que de 1.528 metros.

Día sin sol

El 10 de noviembre de 1819, en la ciudad canadiense de Montreal, hubo un día sin sol. Por la mañana, unas nubes completamente negras empezaron a cubrir el cielo y al mediodía aún estaban encendidas las farolas en las calles. Por la tarde, se desató una tormenta de rayos y las nubes se cernieron aún más altas en el cielo. No obstante, cuando los habitantes de Montreal miraron hacia arriba al día siguiente, descubrieron que el cielo era completamente azul.

Fuerza del viento

El viento no sopla de la misma manera en invierno y en verano. Aun soplando a la misma velocidad, cuando hace frío su fuerza se intensifica en una cuarta parte con respecto al viento del verano. Esto se debe a que el viento invernal es más denso que el cálido.

Nuboso

Las nubes pueden alcanzar una altura de aproximadamente 25 kilómetros.

Sequía

La persona poco amante de la lluvia debe dirigirse, sin duda alguna, al desierto de Atacama (Chile), dado que allí apenas llueve. Es más, en 1971 concluyó un período de sequía que había durado 400 años; durante todo ese tiempo no se había registrado ni una sola gota de agua. Es natural que el promedio anual de lluvia no rebase los cero milímetros.

Nieve en el Sáhara

Hasta donde pueden recordar los habitantes del Sáhara, el desierto más grande del mundo, allí ha nevado una sola vez, el 18 de febrero de 1979. Por la noche, es muy frecuente que se registren temperaturas por debajo del punto de congelación. Por otra parte, las temperaturas nocturnas que predominan en la cordillera de Tibesti durante el invierno pueden ser de hasta 15 °C bajo cero.

Temperaturas en aumento

Nunca ha aumentado tan rápido la temperatura como el día 22 de enero de 1943 en el estado federal de Dakota del Sur, donde en un lapso de dos minutos el termómetro pasó de los 22 °C bajo cero a los 8 °C sobre cero, lo que equivale a una diferencia de temperatura de 30 °C. Esto ocurría alrededor de las siete y media de la mañana.

Pedrisca

¿Qué tamaño pueden tener las piedras de granizo? Pues bien, está dentro de lo posible que lleguen a pesar 100 gramos, si bien el de mayores dimensiones es un trozo de granizo de 1.020 gramos de peso que cayó en Bangladesh, en 1986.

El rey del tiempo

Como es natural, el día en que la reina Isabel II ocupara el más alto cargo del Imperio Británico tenía que brillar un sol espléndido, por lo menos eso pretendían los organizadores de la ceremonia en el momento de consultar con los meteorólogos. Tras examinar sus informes, éstos concluyeron que el 2 de junio se vislumbraba con más garantías de que luciera el sol; de modo que el día de la coronación quedó fijado para el 2 de junio de 1953. Y ¿qué tiempo hizo? Pues llovió, ciertamente.

Lluvia saludable

Seguramente muy pocos saben que la lluvia contiene vitamina B12. Cuando se produce un déficit de vitamina B12 puede aparecer anemia, aunque es evidente que la vitamina B se encuentra además en muchas sustancias alimenticias.

Olas

Cuando en el océano se origina una tempestad, las olas se elevan considerablemente, pudiendo registrar en ocasiones una gran altura. Éste es el caso de una ola que se avistó –en febrero de 1933– desde un barco que navegaba en el Pacífico y a la que se atribuyó una altura de 34 metros aproximadamente. Esta ola es la más alta de la que se han tenido noticias fidedignas, si bien la única ola que ha podido medirse con exactitud «sólo» había alcanzado 26,2 metros.

Favorable coincidencia

En la metrópoli de Nueva York, los agentes de estadísticas han calculado cuáles son los días de la semana en los que sus calles aparecen intransitables a causa de las nevadas. Así, han podido constatar que las inclemencias atmosféricas son sorprendentemente benefactoras; alrededor de un 54 % de las nevadas más importantes acontecen en domingo o en viernes, de manera que no suponen un gran impedimento para algunos millones de sus habitantes. En realidad, en estos dos días deben producirse a lo sumo un 28,6 % de las nevadas anuales.

Frío y calor

En la pequeña isla Mariana de Saipan apenas varían las temperaturas. Durante muchos años no se ha registrado una diferencia de temperatura superior a 12 °C. Por el contrario, las mayores diferencias de temperatura se aprecian en Verchoyansk (Siberia), donde el termómetro experimenta una variación de hasta 104 °C, a saber, entre –67 °C en invierno y más de 37 °C en verano.

Termómetro

Los termómetros de mercurio sólo son útiles hasta una cierta temperatura, ya que a –38,87 °C el mercurio se enfría y se congela.

Hielo eterno

Alrededor de un 10 % de la superficie de la Tierra está cubierta de hielo, aunque en la actualidad los icebergs están derritiéndose en todo el mundo.

ANIMALES

Con los animales mantenemos una relación peculiar. Hace ya varios miles de años que los animales domésticos nos colman de satisfacciones. Pero además nos cuestan dinero, algunos de ellos incluso mucho dinero. Los norteamericanos gastan al año bastante más en comida para los animales domésticos que en la alimentación de los bebés. También apreciamos a los animales de labor, valoramos su capacidad de trabajo y pagamos por ellos cantidades astronómicas, a saber, más de 1,5 millones de dólares estadounidenses por una vaca altamente productiva. Asimismo, cabe decir que en los últimos 4.000 años ningún nuevo animal doméstico se ha sumado a los que ya se conocían.

El afecto y la admiración que nos inspiran los animales muy raras veces atienden a un ánimo especulativo. Lo más habitual es que premiemos con nuestro cariño algunas de las cualidades que nos deslumbran, sobre todo si nosotros mismos no disponemos de ellas en la misma medida. Así, por ejemplo, a mediados del siglo pasado, la lealtad de un Skye terrier escocés llamado *Bobby*, absolutamente fiel a su dueño, el pastor Auld Jock, corroboró una vez más la sentencia según la cual el perro es el mejor amigo del hombre. *Bobby* permaneció 14 años junto a la tumba del difunto pastor, en las inmediaciones de Edimburgo, abandonándola sólo unos minutos para ir a buscar su comida al patio de una casa vecina.

Incluso las especies animales que dejaron de existir hace ya muchísimo tiempo todavía nos enternecen. Poco importa que tengan un aspecto tan gigantesco y temible como los dinosaurios, que se extinguieron hace 65 millones de años y que sólo viven en el «Parque jurásico» de la pantalla grande.

La fascinación del reino animal se debe a su pluralidad. Algunos animales son mucho más rápidos que cualquier corredor plusmarquista. También pueden ser más resistentes, más fuertes, mucho más pequeños o considerablemente más grandes. Incluso pueden despertar en nosotros verdadero pavor, ya sea por su fama de animales salvajes peligrosos o por poseer un veneno mortífero para el hombre. Otros, al contrario, son pequeños o prácticamente invisibles, aunque ello no ha impedido que pudieran causar más víctimas que el tigre por su condición de transmisores de enfermedades y epidemias.

Como sabemos, los animales superan al ser humano en muchos aspectos. Los hay que pueden vivir mucho más tiempo, que ven con mayor agudeza, que captan más olores, que están dotados de un increíble sentido de la orientación. Y, por último, existen millones de especies que pueden hacer con facilidad lo que el hombre sólo es capaz de lograr con la ayuda de la técnica, como sobrevivir bajo el agua o volar.

Por otro lado, no cabe duda de que nos sentimos responsables de nuestros parientes los animales, muchos de los cuales se encuentran amenazados de extinción, en parte por nuestra culpa y también porque la naturaleza así lo ha previsto. Éste es el caso de un

99 % de todas las especies animales que han poblado la Tierra a lo largo de la historia antes de haber desaparecido. Como veremos en las próximas páginas, el reino de los animales está lleno de sorpresas.

Piloto de pruebas

Todo el mundo sabe que el primer astronauta fue un perro ruso. Pero ya antes del célebre *Laika*, otro can consiguió salir airoso de una prueba de vuelo, esta vez en paracaídas. El francés Jean Pierre Blanchard hizo que su perro saltara desde un globo en 1785, o sea, más de 100 años antes de que se inventara el avión.

Insignificantes

Las bacterias son los seres vivos unicelulares más diminutos; por su exiguo tamaño, una copa de licor puede contener 1.000 millones de ellas.

Delirio por la velocidad

Se considera que el halcón peregrino, que puede alcanzar los 350 km/h volando en picado, es el animal más veloz del mundo. A su vez, entre los animales vivientes que pueblan la tierra, el más veloz es el guepardo, que se desplaza a unos 100 km/h en distancias cortas. El cervicabra americano recorre un trecho de 5 km con mayor rapidez si cabe, dado que mantiene una velocidad media de unos 60 km/h durante el trayecto. Los galgos alcanzan una velocidad de 70 km/h, aunque, claro está, nunca en recorridos tan largos. Entre los mamíferos acuáticos, la orca y el delfín son los más rápidos. Ambos pueden surcar los mares a unos 55 km/h y, pese a lo que pueda parecer, esta velocidad no es mucha si se compara con la de los peces. El pez vela rebasa en un *sprint* los 100 km/h, al igual que el atún, que incluso puede superar esta marca. En lo que respecta a la serpiente venenosa más veloz, la mamba negra se desplaza a la par que el hombre sin gran esfuerzo y puede alcanzar entre 14 y 15 km/h en recorridos cortos.

Vida corta

La fase larvaria de las efímeras puede durar hasta tres años y sólo disponen de un día de vida para volar y aparearse. Dado que no tienen tiempo para comer, tampoco tienen boca que desempeñe esta función.

Alta presión sanguínea

Como las jirafas poseen un cuello tan extremadamente largo, su corazón debe bombear la sangre con una imperiosa fuerza hasta el cerebro. Esto explica que su presión sanguínea sea tres veces superior a la de las personas.

Hábil

Los tuétanos constituyen el manjar predilecto del quebrantahuesos; para conseguirlos, deja caer los huesos –en pleno vuelo– sobre los peñascos, de forma que se rompen en pedazos.

Batir de alas

Algunos colibríes baten las alas hasta 60 veces por segundo, lo que significa que, para lograr semejante rendimiento, cada día deben comer el doble de lo que pesan.

Los más peligrosos

Se considera que los parásitos de la malaria son los animales más peligrosos; se transmiten por los mosquitos y desde tiempos inmemoriales han sido los causantes de aproximadamente la mitad de las muertes humanas.

Cura de piojos

Las mulillas y los puercoespines no pueden vivir sin piojos. Si se despiojan, mueren al poco tiempo, ya que, según parece, necesitan los piojos para estimular su piel.

Regeneración

Las esponjas marinas tienen una característica que resulta sorprendente en el reino animal: cuando se rompen, cada parte vuelve a crecer hasta convertirse en un animal completamente desarrollado. Tanto es así que aún pasando una esponja por un tamizador, cada uno de los pedacitos acaba dando lugar a un ser vivo adulto. El caso de las estrellas marinas es similar; si se corta un trozo, éste vuelve a crecer hasta que la estrella de mar recupera su forma completa.

Instinto nómada

Las golondrinas marfil emprenden cada año la migración más larga. En otoño abandonan el Ártico en dirección al polo opuesto, en el Antártico, donde «hibernan» durante el verano; esto significa que recorren aproximadamente unos 30.000 kilómetros. Por lo demás, se ignora absolutamente cómo logran orientarse.

Lección de canto

La mayor parte de los pájaros canta sólo cuando vuela o cuando se halla a cierta altura del suelo, más concretamente en la copa de un árbol; en cuanto se posa en el suelo, su canto deja de oírse. Sin embargo, no todas las familias de aves se atienen a esta regla.

Bravucón

Dado que puede acarrear en su lomo el equivalente a 850 veces su propio peso, el rinoceronte indio, perteneciente a la familia de los geotrupos, es probablemente el animal más robusto en relación a su peso corporal. A modo de comparación, los hombres consiguen llevar a cuestas una carga equiparable al doble de su peso; en cambio, un elefante apenas puede transportar en su lomo una cuarta parte de su peso.

Récord submarino

De todos los animales marinos, el cachalote es el que puede sumergirse a mayor profundidad. Los científicos estiman que puede descender hasta a unos 2,5 kilómetros por debajo del nivel del mar, si bien sólo se dispone de pruebas que corroboran un descenso de 1.134 metros. Al igual que los cachalotes, los elefantes marinos también se sumergen a estas profundidades.

Animales pesados

La ballena azul ostenta el título de mamífero más pesado y más grande de todos. El mayor ejemplar cuyas medidas se han podido comprobar medía 33,58 metros de longitud y pesaba aproximadamente 180 toneladas. Para hacernos una idea, baste decir que ni siquiera los colosales saurios de antaño llegaron a soportar nunca tanto peso sobre sus vigorosas patas. A su vez, el elefante, considerado el mamífero terrestre más grande de los que existen en la actualidad, suele alcanzar –salvo escasas excepciones– más de 3,2 metros a la altura del lomo y 5,5 toneladas de peso.

Por otra parte, algunos informes acerca de las dimensiones de los mayores antropoides revelan que los gorilas machos miden en torno a 1,75 metros de altura y que su peso ronda los 200 kilos, aunque en los zoos han vivido gorilas de más de 300 kilos. Comparativamente, entre las ranas, semejantes dimensiones son propias exclusivamente de la rana Goliat de África occidental. Ésta, completamente estirada, puede medir hasta unos 80 centímetros y pesar aproximadamente cuatro kilos.

Un gigante pacífico

Pese a su temible aspecto y su peso, que supera una tonelada, el rinoceronte negro puede comer de la mano de su guardián y en África pasa por ser el animal más fácilmente domesticable.

Muy fructíferos

Cada piojo de una hoja de col puede traer tantos pequeños al mundo en un año que sus propios descendientes podrían triplicar el total de la humanidad. Menos mal que son muy pocos los que sobreviven.

Ajenos al color

Los perros de los invidentes observan la circulación para cerciorarse de cuándo pueden llevar a su amo hasta el otro lado de la calle sin correr riesgos. En los semáforos también se sirven de este método pues, como cualquier perro, no pueden distinguir una luz roja de una verde.

Lobos

En el año 1420 seguía habiendo lobos en las calles de París, pero no sólo allí, ya que, en aquella época, los lobos se extendían por toda Europa. Algunas personas les temían sin motivo aparente. De hecho, no se conoce ningún caso en el que un lobo sano atacara a un hombre igualmente sano. Un periódico de la ciudad canadiense de Ontario llegó a ofrecer una recompensa a quien pudiera demostrar que había sido atacado por un lobo, recompensa que nunca llegó a pagarse.

Consideraciones de la edad

De todos los animales mamíferos, el hombre, con 120 años, es el que alcanza una edad más avanzada. Supuestamente, los elefantes apenas viven más de 70 años y los bueyes hasta los 80. Por su parte, los caballos pueden llegar a una edad máxima de 60 años, los perros apenas a los 20 (si bien en circunstancias excepcionales pueden rondar los 30 años) y los gatos a los 15, aunque se ha dado algún caso en el que han sobrepasado los 30 años de edad. Entre las aves, el kakadu se adjudica el índice más alto de vida, alcanzando una edad de 80 años. Los cocodrilos, por su parte, rebasan ligeramente los 60 años. Con todo, la longevidad de las tortugas es mucho mayor que la de cualquier otro vertebrado, ya que pueden vivir al menos 150 años. Las expectativas de vida del pez Misho-Nahma, el esturión norteamericano, son también de más de 80 años.

Aviador

No sólo las aves pueden volar; también los mamíferos tienen capacidad para ello, aunque evidentemente sólo los murciélagos. Con todo, algunas ardillas y una especie de opossum pueden distender su piel entre las patas traseras y las delanteras hasta formar superficies membranosas que utilizan para desplazarse en distancias cortas, como para ir de un árbol a otro, por ejemplo.

Alaska

Hace 12.000 años el clima de Alaska era muy distinto; por aquel entonces vivían allí elefantes, camellos e incluso leones.

Chupadores de sangre

Los vampiros existen realmente; son originarios de Sudamérica y pertenecen a la familia de los zorros voladores (grandes murciélagos). Sin embargo, no clavan sus dientes en la yugular de las personas, como suele decirse, sino que se limitan a raspar la piel con los dientes hasta lamer la sangre de una forma tan sutil que la víctima dormida ni siquiera se despierta. Sus presas preferidas son los bueyes y las vacas; suelen mantenerse alejados de los hombres.

Criados

En el antiguo Egipto era bien conocida la docilidad de los babuinos. Al parecer, estos animales eran adiestrados con tanto esmero que incluso podían servir las comidas y las bebidas en la mesa.

Ignorante

El polluelo de pavo no podría sobrevivir sin sus padres, pues cuando llega al mundo ignora cómo se come, razón por la cual éstos deben proporcionarle la comida.

Efectivo

Si hubiera algún medio técnico para incorporar la cola del delfín a los barcos, podría ahorrarse mucha energía. Los delfines alcanzan la velocidad que desean de una forma mucho más eficaz que cualquier motor de barco.

Gigantesco podenco

El caballo más gigantesco del que se tiene noticia debió de vivir en Gran Bretaña a mediados del siglo XIX. Se llamaba *Mamut* y medía 2,19 metros de altura. Esto resulta aún más sorprendente si pensamos que los antepasados de nuestro actual caballo apenas eran más grandes que un perro pastor.

Miniperro

Se considera que los terrier de Yorkshire y los chihuaua son los perros más pequeños del mundo; algunos ejemplares de estas razas apenas llegan a pesar 400 gramos.

Mandíbulas poderosas

Como sabemos, los caimanes pueden cerrar sus mandíbulas con tanta fuerza que son capaces de arrancar de cuajo el brazo de una persona. Asimismo, para volver a abrir el hocico, dispone también de unos músculos igualmente potentes. Sin embargo, como se puede comprobar en las luchas de caimanes que tienen lugar diariamente para diversión de los turistas, a un hombre medianamente robusto no le resulta difícil mantener cerrada la boca de un aligátor con las manos.

Ayuno

El tiempo que un animal puede resistir sin comer depende mucho de su corpulencia. Los animales pequeños tienen un metabolismo muy rápido y su corazón late deprisa; su temperatura desciende también con mucha rapidez debido a que su masa corporal es muy reducida en relación a la superficie de su cuerpo. Por esta razón, los animales pequeños, como las musarañas y los colibríes se ven obligados a comer ininterrumpidamente para equilibrar la pérdida de energía. Si no se alimentaran de forma continuada, morirían de hambre en pocas horas. A diferencia de éstos, los animales grandes pueden soportar un largo período en ayunas.

Argonautas

Los albatros migratorios pueden permanecer horas e incluso días en el aire. Siempre que las condiciones climáticas sean propicias, les basta un simple batir de alas para conseguirlo, pues su vuelo posee las mismas características que un planeador. A ello contribuyen sus alas, cuya envergadura supera las medidas de otras aves. El récord de talla, en cuanto a la envergadura de las alas se refiere, alcanza los 3,63 metros, aunque por lo general suelen medir 3,30 metros.

El macho incuba

En el caso de los renacuajos, el macho aloja todos los huevos ya prácticamente maduros en su gran bolsa bucal, donde permanecen hasta convertirse en ranas.

Aves gigantescas

Con unas dimensiones de hasta 2,70 metros de altura y 150 kilos de peso, el avestruz africano es el ave más grande que existe actualmente. Como sabemos, el avestruz no puede volar, aunque tampoco podía hacerlo el moa, un ave extinguida hace 400 años en Nueva Zelanda que podía medir hasta 3,30 metros de altura. Por el contrario, el ave más pequeña es el pájaro mosca del Caribe, que apenas llega a los cinco centímetros de longitud (con la cola y un pico relativamente largo) y pesa menos de dos gramos.

Eucalipto

El oso koala vive en Australia y durante toda su vida come exclusivamente hojas de eucalipto, de modo que si los eucaliptos se extinguieran, esto significaría también el final de los osos koalas.

Récord de altura

El hecho de que un buitre de Rupell se estampara a 11.277 metros de altura contra un avión que seguía su ruta corrobora que las aves pueden alcanzar la misma altura de vuelo que un jumbo-jet. No obstante, la mayoría de las aves no se eleva a más de 1.000 metros de altura y menos aún las aves migratorias, cuya altura de vuelo normal es de 100 metros.

Vista aguda

Se dice que las aves rapaces pueden ver mejor que los hombres. Ciertamente así es, puesto que su agudeza visual es dos veces superior a la nuestra.

Aguijones peligrosos

Cuando las púas de un puercoespín se adentran en la carne de un hombre o de un animal, es difícil extraerlas, ya que tienden a «seguir moviéndose». Se han conocido casos en los que una púa ha estado moviéndose sin cesar en el interior de la pierna de una persona hasta volver a salir por el lado opuesto, al cabo de dos días.

Vuelo de ganso

¿Por qué vuelan los gansos en forma de V? La respuesta es sencilla: para ahorrar energía. Sin duda es así, ya que el efecto puede compararse al resultado que obtienen los ciclistas cuando pedalean a sotavento.

Grandes reptiles

Cuanto más grande es el tamaño de los reptiles, mayor es también la impresión que causan, pero aún más exageradas son las historias que se cuentan. En realidad, los cocodrilos más grandes en ningún caso sobrepasan los siete metros; en vista de que incluso los de seis metros escasean, puede considerarse que un animal de cinco metros es gigantesco (aunque ciertamente los cocodrilos de antaño medían unos 16 metros de longitud). En el caso de las serpientes, se afirma que algunas especies pueden alcanzar los 15 metros, aunque lo cierto es que sólo se tiene constancia de ejemplares que apenas llegan a los nueve. Entre las serpientes venenosas, la cobra real alcanza la longitud máxima con unos 5,70 metros. También las tortugas laúd acuáticas tienen fama de ser auténticos colosos. Se han encontrado ejemplares de tres metros de longitud y casi una tonelada de peso, de modo que la tortuga gigante de tierra, que pesa 300 kilos como máximo, se queda pequeña al lado de su pariente.

Culebras venenosas

Se cree que la serpiente australiana taipan es la más venenosa. Con todo, la culebra de escamas dentadas y la *Bungarus fasciatus*, ambas originarias del Sudeste Asiático, tienen fama de ser muy peligrosas porque además son agresivas.

Veneno de rana

Una pequeña e insignificante rana produce el veneno más potente de todo el reino animal. Se trata de la rana dardo; cada ejemplar adulto contiene veneno suficiente para matar a más de 1.000 hombres en edad madura. Por fortuna, esta rana no utiliza su mortífero veneno como medio de ataque, sino que lo excreta sobre su piel con el fin de protegerse de sus enemigos. Los nativos de las tribus indígenas emplean el veneno secretado por las ranas dardo para impregnar con él el extremo de sus flechas, de ahí el nombre de la rana.

El rey de las ranas

Si lo que cuenta es el tamaño, la rana Goliat africana se lleva merecidamente el título de rey de las ranas. El ejemplar más grande del que se haya tenido noticias medía 37 centímetros de longitud; con las patas extendidas, alcanzaba los 88 centímetros. Esta rana gigantesca pesaba 3.650 gramos.

Cambio de sexo

La mayoría de las percas negras de mar, cuando son jóvenes, son hembras; tras unos cinco años de vida, cambian de sexo y se convierten en machos.

El Antártico viviente

La región que rodea el Polo Sur no está muerta, ya que allí viven unas 70 especies de ácaros e insectos. Con todo, ninguna de las especies de insectos ha seguido evolucionando.

Mosquitos

Los mosquitos tienen 47 dientes y pueden elevar en el aire el doble de su peso. Esta capacidad de carga les permite «alzarse» en el aire con la sangre que han succionado a sus víctimas.

El tiburón blanco

Aunque el tiburón blanco es el más grande de todos los animales carnívoros, no mide ni mucho menos tanto como muchos piensan. Hasta la fecha, nunca se ha podido demostrar que existieran tiburones de más de siete metros. El ejemplar más grande que se conoce en nuestros días mide 6,4 metros de longitud, aunque normalmente los tiburones blancos no suelen sobrepasar los 4,5 metros. Se tiende a exagerar cuando se alude a las dimensiones de su antepasado, el Carcharodon megalodon, que surcaba los mares de la prehistoria hace 15 millones de años. Por el tamaño de los muchos dientes fosilizados que se han encontrado, durante mucho tiempo se creyó que debía de ser un monstruo de hasta 25 metros de longitud. Sin embargo, en la actualidad se están revisando ampliamente aquellas estimaciones y los científicos deducen ya que el mamífero «sólo» medía unos 13 metros.

Costumbre

Como las ostras se transportan vivas, se ha podido hacer una comprobación sorprendente. Aun estando a miles de kilómetros de distancia de su lugar de origen, siguen abriendo sus conchas en el momento en que hay pleamar en el lugar del que proceden. Sólo después de transcurridos unos días, abrirán sus conchas ajustándose a las mareas de su nuevo hogar.

Crecimiento sin final

La mayoría de los animales termina de crecer a una determinada edad, pero no le ocurre así al calamar gigante. Como sigue creciendo durante toda su vida, no es extraño que se hayan encontrado calamares de 15 metros de longitud.

Arañas gigantescas

Supuestamente, la araña más grande vive en Surinam, donde se apresó una hembra que medía 102 milímetros de largo, 266 milímetros con las patas extendidas.

Veneno de araña

Cada año, la Phoneutria, una de las arañas más venenosas que existen, clava su aguijón a cientos de hombres en Brasil. Estos agresivos animales se esconden, al igual que otras arañas, preferentemente en la ropa y en los zapatos; cabe decir que si apenas hay casos de muerte es gracias a un efectivo antídoto. A diferencia de ésta, la mayor parte de las arañas europeas son inofensivas para el hombre, ya que no pueden hundir sus pinzas en la piel humana.

Pez con electricidad

La anguila eléctrica utiliza unos dos tercios de su cuerpo para producir la electricidad que necesita a fin de capturar a sus presas. Para ello produce tanta energía eléctrica –hasta 400 voltios– que evidentemente también pueden resultar peligrosas para el hombre. Las anguilas eléctricas se encuentran sobre todo en los ríos de Sudamérica.

Capacidad de adaptación

Cuando una platija (pez teleósteo) se coloca sobre un tablero de ajedrez, ésta adopta la forma de la muestra.

Molusco asesino

En el océano Índico vive un molusco gigante llamado Tridacna gigas del cual se han descubierto ejemplares de 137 centímetros de longitud y 230 kilogramos de peso. Muchos submarinistas temen cometer la imprudencia de meter una pierna dentro de semejantes moluscos cuando están abiertos, porque saben que pueden perderla irremediablemente. No obstante, este molusco, al igual que todos los demás, se alimenta de plancton, así que no tiene ningún interés en cobrarse presas tan grandes.

Mineros

Las ardillas de tierra se cuentan entre los animales industriosos más rápidos de cuantos existen. Para conseguir el mismo rendimiento proporcional, un hombre debería excavar un túnel de 1,70 metros de alto, un metro de ancho y unos 160 metros de largo en una hora.

Nube de langostas

En agosto de 1875, una nube de langostas atravesó el estado de Nebraska (Estados Unidos). Según apreciaciones científicas, la nube tenía una extensión de más de 500.000 kilómetros cuadrados y debía de contener cuanto menos 10 billones de animales.

PLANTAS

Nadie se sorprende de que se considere que las plantas son inferiores a los animales. Al fin y al cabo, no pueden moverse (a pesar de que algunas sí), no dan muestras de poseer entendimiento (al menos en un examen superficial) y tampoco tienen cerebro que les permita desarrollar capacidades intelectuales. Dejando a un lado, eventualmente, la belleza de sus hojas y de sus flores, las plantas suelen pasar inadvertidas a la mayoría de la gente.

No obstante, cabe recordar que si no existieran las plantas, no podría existir ningún animal en la Tierra, ya que esta forma de vida posee una cualidad específica de la cual depende la existencia de los animales y de las personas. Así, con la ayuda de la energía solar, las plantas pueden transformar materia inorgánica en sustancias orgánicas. Por explicarlo de una forma más simple, convierten la materia inanimada, como minerales, nitrógeno, agua y carbono, en los elementos fundamentales para la vida, a saber, proteínas, glucosa e hidratos de carbono. Para ello necesitan únicamente la luz solar. Como sabemos, la ciencia denomina a este proceso fotosíntesis.

La llamada fotosíntesis permite que la vida sea posible tal como nosotros la conocemos, puesto que proporciona las sustancias alimenticias que cada uno necesita. Las plantas en putrefacción suministran nutrientes a los microorganismos y a los insectos, al tiempo que tales materias en descomposición son absorbidas nuevamente por otras plantas en forma de abono. Esto explica el efecto benefactor que muchos animales superiores –como los herbívoros– ejercen sobre las plantas. Cabe señalar que los carnívoros participan en el milagro de la fotosíntesis sólo de forma indirecta, es decir, a través de las plantas que previamente han digerido sus presas. De no producirse la fotosíntesis, obviamente, esto no sería posible.

Las plantas constituyen la extensa base de la pirámide alimentaria en la que todos se sustentan, de ahí la importancia de su función. Prueba de ello es que un buey debe digerir muchos kilos de hierba en sus distintos estómagos para que pueda aparecer un pequeño bistec en nuestro plato.

Pero, además, las plantas nos proporcionan también el aire que necesitamos para respirar. Al principio, la atmósfera de la Tierra apenas contenía oxígeno y las plantas eran las únicas que desprendían este elemento –tan vital para la respiración de los seres vivos– al combinarse con el abundante dióxido de carbono ya existente.

No obstante, las plantas son algo más que una fuente indispensable de nutrientes y oxígeno. Para los científicos, encarnan un reto particular, especialmente desde el momento en que se plantea la cuestión acerca de dónde están los límites entre lo animal y lo vegetal; y dónde el límite entre la materia orgánica y la inorgánica. En general, se suele argumentar que todo lo que realiza la fotosíntesis es vegetal y que lo demás, no. Sin embargo, esta apreciación es válida sólo desde un punto de vista global. ¿Qué pasa con las bacterias? ¿Pertenecen a la flora o la fauna, al reino vegetal o al reino animal? Pues bien, pese a que no realizan la fotosíntesis, en la actualidad, las bacterias se incluyen entre las plantas.

Esto mismo sucede con los virus –que también forman parte del reino vegetal–, aunque apenas son un tegumento con información genética y aun cuando por su simple composición se asemejan más a un núcleo de polvo que a un ser biológico.

Ahora bien, si las plantas fascinan es sobre todo por su diversidad y por su increíble capacidad de adaptación, que les permite alcanzar un desarrollo sin precedentes e incomparable con cualquier representante del reino animal. ¿Qué animal, por ejemplo, podría rivalizar en crecimiento con una planta? Una simple haya, e incluso muchas de sus ramas, supera la estatura de la altísima jirafa. Asimismo, los árboles más vigorosos alcanzan sobradamente el listón de los 100 metros de altura, aventajando a la ballena azul o a los gigantescos saurios del pasado en peso y en variedad. Hablemos de la edad: ¿qué supone un lapso de tiempo equivalente a unos 150 años escasos que vive una vetusta tortuga frente a un árbol de varios miles de años de antigüedad?

El mundo de las plantas puede ofrecernos muchas sorpresas; conózcalas leyendo las próximas páginas.

Solo en la multitud

La selva tropical tiene fama de ser un verdadero paraíso vegetal porque, literalmente, allí todo reverdece y prolifera. No obstante, entre tanta opulencia vegetal, en ocasiones, es preciso andar muchos kilómetros hasta encontrar un árbol de la misma especie que otro. En el «infierno verde» apenas existen lugares en los que crezcan plantas de la misma especie. La lucha implacable por la supervivencia de las plantas propicia este fenómeno, de ahí que se las considere solitarias en su propio hábitat.

Bendita edad

La planta más antigua que se conoce se descubrió al sur de California en 1980; pertenece a la especie *Larrea tridentata,* y según un esmerado cálculo, debe de tener unos 11.700 años. Pero no es la única planta que tiene esta auténtica edad *matusalena.* Existen también algunas liquenoideas a las que se ha atribuido una edad semejante; en cualquier caso, superan los 10.000 años.

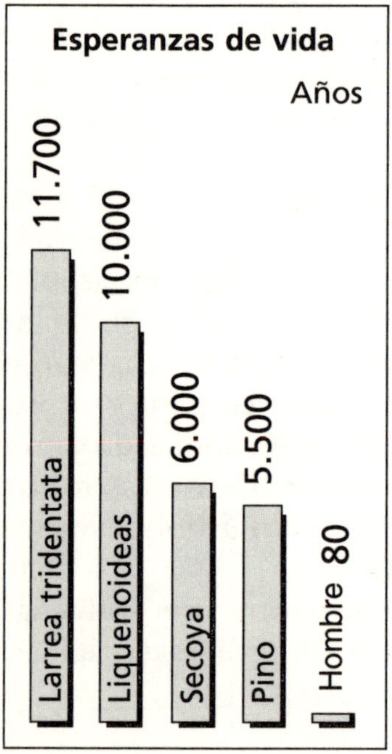

Los árboles no alcanzan una edad tan extraordinaria, aunque quedan todavía algunos ejemplares que ya existían cuando se construyeron las pirámides. Se cree que el árbol más antiguo es un pino de 4.700 años que vive a 300 metros sobre el nivel del mar, en las faldas de la White Mountain (Estados Unidos). A algunos kilómetros de distancia, en Nevada, hubo otro similar que llegó a alcanzar 5.100 años. Los expertos estiman que la edad máxima de esta familia de pinos es de 5.500 años, si bien la secoya gigante (conocida también como *Sequoia*) puede llegar a los 6.000 años; no obstante, se ignora si existe algún ejemplar tan viejo.

El arte de la supervivencia

El hombre del Neolítico descubierto en el valle de Ötz (de ahí que se le denomine «Ötzi») había permanecido sepultado bajo una gruesa capa de hielo durante miles de años hasta que, finalmente, pudo ser rescatado, a comienzos de esta década, al derretirse su envoltura de hielo. Éste fue, sin duda alguna, un hallazgo sorprendente, pero resultó casi más sorprendente que en el laboratorio se pudiera devolver la vida a las esporas de hongos encontradas en sus polainas.

Buen guía

El sistema conductor de agua de los vegetales no precisa los recursos mecánicos de las bombas hidráulicas, las cuales generan una presión hacia arriba o hacia abajo. Sin embargo, absorben el agua fácilmente con sus raíces, haciéndola ascender –cuando es necesario– a más de 100 metros de altura, hasta las hojas más alejadas de las ramas. Para ello aprovechan las concentraciones de nutrientes acumuladas en sus células, que, siguiendo la ley física de la osmosis, tienden siempre al equilibrio.

Superflorido

Cada año, una glicinia atrae a unos 50.000 visitantes que se desplazan hasta Sierra Madre (California) durante las cinco semanas que ésta permanece en floración. Todos acuden a ver esta planta de la que brotan 1,5 millones de flores. Cabe decir que la dimensión total de este sorprendente vegetal es de unos 4.000 metros cuadrados. Sus ramas pueden superar los 150 metros de longitud y si la gigantesca flor pudiera ponerse en una balanza, pesaría unas 230 toneladas. Resulta también curioso que esta planta gigantesca apenas tenga 100 años de edad.

Malas hierbas

La ONU recopiló una lista de las hierbas más dañinas con el fin de determinar cuáles de ellas se extienden con mayor rapidez sobre grandes superficies y cuáles son más difíciles de combatir. Entre las plantas más temidas, no hay ninguna que se halle oculta en el centro de Europa. La primera de la lista es un helecho acuático que en un plazo mínimo puede cubrir totalmente un lago. También son nocivas algunas gramíneas, como el pasto de bermuda, el sorgo de alepo o la hierba de Guinea, aunque la mayoría de los jardineros europeos teme a la *Aegopodium podagraria.*

Cuando se habla de malas hierbas, es preciso explicar claramente lo que esto significa. No se trata de plantas inferiores, sino todo lo contrario. Son tan vigorosas y poseen una capacidad de supervivencia tan grande que se mezclan con las demás y acaban ganándoles terreno.

Con todo, muchos jardineros sacan provecho de las plantas adventicias. Para cerciorarse del estado en que se encuentra el suelo, las dejan multiplicarse; a continuación, comprueban cuál es la que se ha adaptado mejor y, una vez establecidas las carencias, administran el abono conveniente. Aún hay otra razón más contundente para plantar maleza en el jardín, ya que, de este modo, resulta fácil determinar qué tipos de suelos favorecen su desarrollo.

¡Atención, explosivo!

Cuando se esparce polen de plantas sobre una superficie caliente, apenas transcurridos unos minutos se inflama o explota. El polen de casi todas las plantas posee esta propiedad y algunos de ellos provocan una reacción bastante violenta. Esto tenía su utilidad en el teatro, ya que, en el pasado, se vertía polen de licopodio en una pala caliente para simular el efecto de los rayos.

Vida en las profundidades

Considerando que para que se realice la fotosíntesis es imprescindible que la luz solar sea absorbida rápidamente a través del agua, cabría suponer que no puede existir vida vegetal alguna en las profundidades. De ahí, la sorpresa de dos científicos estadounidenses al encontrar en las Bahamas –en 1984– algas que realizaban la fotosíntesis a 269 metros de profundidad, sobre todo si tenemos en cuenta que a esta profundidad sólo llega una cienmilésima parte de la luz solar que recibe la superficie.

Profundidad sepulcral

La mayoría de las plantas se conforman con prolongar sus raíces lo suficiente para encontrar un firme apoyo en la tierra y absorber así los nutrientes necesarios. Salvo casos extremos, las raíces no suelen alcanzar más de varios metros de profundidad, dado que sus finas ramificaciones les permiten asimilar la cantidad de agua y nutrientes precisos (de ahí que algunas plantas desarrollen raíces de más de 500 kilómetros de longitud en tan sólo la décima parte de un metro cúbico de tierra). Por el contrario, algunas variedades de higueras sienten el impulso de internarse en las profundidades; prueba de ello es una higuera salvaje que había enviado sus raíces a 120 metros de profundidad.

Maná

Cuando los israelitas partieron de Egipto, se alimentaron durante su larga marcha del maná que supuestamente había caído del cielo. Por sorprendente que parezca, este relato es absolutamente auténtico. Los científicos han encontrado una explicación bastante lógica para el pan caído del cielo. La prueba apareció en 1980, después de que en Turquía cayera una lluvia de maná que cubrió una superficie de 10 kilómetros cuadrados. Tras analizar las pequeñas bolas, que eran amarillas por fuera y blancas por dentro, los botánicos dedujeron que se trataba de una especie de líquenes. Al parecer, los líquenes pueden desarrollarse sobre superficies muy pobres en nutrientes e incluso sobre las piedras. Pero, probablemente, el maná no sólo procede de las liquenoideas, sino también de otras plantas. En 1927, científicos de la Universidad de Jerusalén tuvieron ocasión de comprobar, en un viaje científico, que una planta llamada *Tamarix nilotica* aislaba un zumo dulce. El clima desértico seco favorece que este jarabe cristalice y caiga al suelo en forma de granos blancos.

Plantas carnívoras

Las plantas carnívoras no sólo son originarias de los lluviosos bosques tropicales. En toda Europa, por ejemplo, podemos encontrar la drosera –una planta que utiliza sus viscosos tentáculos para atraer y digerir a los insectos–, además de la dionaea, también muy extendida. Por lo que respecta a estas dos especies, son plantas relativamente pequeñas, que pocas veces superan el tamaño de una mano. No obstante, el caso de la especie carnívora *Heliamphora tatei*, de la selva virgen venezolana, es bien distinto, pues alcanza los dos metros de altura. Aun así, no es peligrosa para el hombre;

ni siquiera los ratones tienen nada que temer, ya que las víctimas de esta gigantesca planta carnívora suelen ser insectos, gusanos y caracoles.

Palmeras

Se considera que las palmeras son el distintivo de los paisajes sureños; de hecho, la mayor parte de las especies crecen en lugares cálidos. Sólo tres especies pueden vivir en zonas de clima templado –como, por ejemplo, en Europa central– y permanecer a la intemperie. Las palmeras poseen una particularidad poco conocida: a diferencia de todos los demás árboles, su grosor no aumenta al mismo ritmo que su altura; el tronco concluye su crecimiento antes de que ésta adquiera su tamaño definitivo. Esto explica por qué palmeras de una misma especie, con troncos del mismo diámetro aproximadamente pueden presentar tallas tan dispares; y por qué mientras algunas apenas alcanzan la altura de un hombre, otras sobrepasan la de un edificio. Esta característica, propia del desarrollo de estos árboles, permite observar que el tronco no es más delgado en la zona de la copa, sino que su grosor permanece invariable en toda su longitud. Pese a esta peculiaridad, las palmeras no tienen por qué envidiar la altura de otros árboles. Se sabe de ejemplares que han alcanzado los 60 metros; en Sudamérica, las palmeras de 50 metros de altura no son en modo alguno excepcionales.

Espinoso

Los cactos poseen un tamaño mayor de lo que cabría pensar. En el sudoeste de Estados Unidos viven algunas especies de saguaros que alcanzan los 15 metros, sobrepasando así la altura de un edificio de cinco pisos. Se ha podido medir incluso un ejemplar de más de 17,5 metros y hay informes no acreditados sobre un cacto de 24 metros de altura.

Pocos saben que los cactos almacenan gran cantidad de agua en sus vigorosos troncos. Algunas personas que se adentraron en el desierto probablemente pudieron conservar la vida gracias a esta información.

Crecimiento

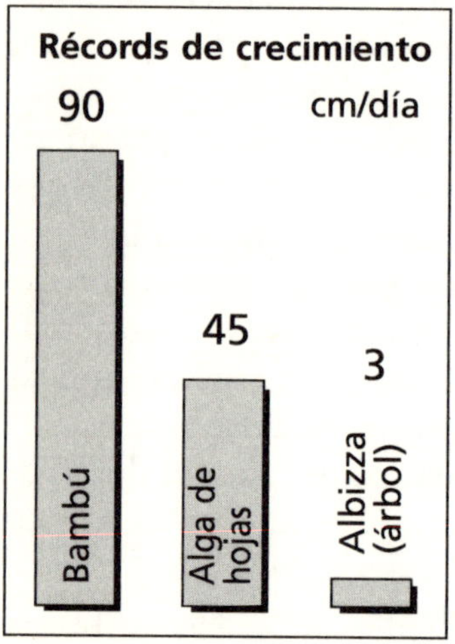

Es notorio que, en condiciones favorables, el bambú puede crecer hasta 90 centímetros al día. Esta capacidad de desarrollo se explica por el hecho de que el bambú es una planta, no un árbol. Asimismo, en lo que respecta al crecimiento, la pacífica alga de hojas gigantes le sigue de cerca, ya que su tamaño aumenta diariamente unos 45 centímetros. Por otra parte, el árbol que crece más deprisa se llama albizza, vive en Malasia y aumenta un máximo de tres centímetros diarios.

Pesos pesados

En California, más concretamente en los parques nacionales de Yosemite y Sequoia, se encuentran los seres vivos más imponentes de la Tierra. Se trata de un árbol llamado secoya gigante *(Sequoia)*. A su representante más soberbio se le llama General Sherman y pesa unas 2.500 toneladas (comparativamente, el peso de la ballena azul de mayor longitud se había estimado en unas 180 toneladas). Cabe decir que la madera de las secoyas gigantes se incluye entre las maderas más ligeras. El General Sherman tiene una altura de 83,8 metros. Sus grandes dimensiones se deben básicamente a su gran perímetro, que a la altura del pecho de sus visitantes es de unos 25 metros. Para rodear el tronco, 11 hombres adultos tienen que darse las manos con los brazos extendidos.

El General Sherman se cuenta también entre los árboles *matusalenos*, dado que su edad se ha estimado entre los 2.500 y los 3.000 años.

Es sorprendente que estos enormes árboles broten de una semilla que apenas pesa cinco miligramos. Con todo, para que las semillas de las secoyas gigantes puedan germinar, es necesaria mucha luz y no puede haber ningún tipo de maleza que intercepte su desarrollo. En California, los incendios forestales se encargan una y otra vez de impedir que pueda ocurrir tal cosa. Pese a todo, la mayoría de las veces estos grandes árboles salen victoriosos de las llamas, ya que poseen un tipo de corteza de hasta 60 centímetros de espesor que les sirve de protección (razón por la cual muchas secoyas tienen el tronco carbonizado).

Se tienen noticias de que en el último siglo existieron en las montañas californianas *Sequoias* aún más grandes, que fueron taladas por los leñadores. De cualquier modo, ninguna de ellas habría superado a los árboles gigantes que hoy ostentan el récord de crecimiento en altura y perímetro. Así, la vecina *Sequoia* costera es sin duda más alta que cualquier secoya gigante; con frecuencia alcanza alturas de más de 100 metros e incluso se cree que algunos ejemplares han llegado a superar los 120 metros.

El eucalipto australiano es, supuestamente, el que ostenta una talla más extraordinaria. El más grande debió de llegar a medir unos 152 metros de altura. En 1872, fecha en que se calcularon exactamente sus medidas, había perdido parte de su copa y aun así medía 132,58 metros. El eucalipto más grande que existe actualmente, aun siendo el árbol de copa frondosa más alto del planeta, en comparación parece casi pequeño, ya que mide alrededor de los 95 metros. También el abeto de douglas alcanza tallas considerables. Un abeto de la Colombia Británica de 126,5 metros figura como el ejemplar de mayor longitud.

Por lo que respecta al diámetro, el ciprés de Moctezuma, en México, se ha ganado en la actualidad el título de árbol más grueso, con un perímetro de 35,8 metros a la altura del pecho, si bien «sólo» mide 41 metros. Al parecer, el tronco de un castaño noble del Etna debía de tener un grosor aún mayor en función del diámetro que se le atribuye, a saber, 57,9 metros. Asimismo, los baobabs africanos pueden alcanzar más de 10 metros de diámetro.

Estado de floración

La flor más grande del mundo es roja; se trata de un lirio parásito que crece en el sur de Asia. El diámetro de esta flor puede llegar a los 90 centímetros y su peso ronda los siete kilogramos. Sólo tiene un inconveniente: su olor es nauseabundo.

No engorda

Quien desee adelgazar debe recurrir a los pepinos, ya que 100 gramos sólo contienen 16 kilocalorías.

Duradero

Cuando apareció el primer gingko en el planeta, estaba rodeado de plantas y animales que dejaron de existir hace mucho tiempo. Desde entonces hasta hoy, han transcurrido sin duda alguna unos 200 millones de años. Casi todos los seres vivos de aquella era ya se han extinguido, de modo que sólo han podido llegar hasta nosotros en forma de fósiles. No obstante, sorprendentemente, hace 300 años que el gingko volvió a descubrirse en China.

Árboles enanos

Los bonsai son árboles vivos que sólo alcanzan una quinta parte de su tamaño normal por medios artificiales. Este arte viene de antiguo, ya que a un bonsai que crece en Ibiza se le atribuye una edad de 1.000 años como mínimo.

Atención, veneno

El papa Clemente VII murió en 1534 a causa de una seta que hoy sigue siendo una de las más peligrosas. Se trata de la amanita verde.

Gran surtido

En las plantaciones frutícolas se acostumbra a injertar en el tronco de los manzanos distintas variedades de manzanas. Este método se denomina ennoblecimiento, porque permite que un tronco de menor categoría produzca variedades de frutas de mayor calidad. En el Villach austriaco hay un árbol que da 66 tipos de manzanas a la vez; sin duda un gran surtido.

Trabajo forestal

A 55 grados de latitud Norte, en la que fuera la antigua Unión Soviética, hay un gigantesco bosque de coníferas. No obstante, no es producto de un antojo de la naturaleza. Cabe tener en cuenta que una cuarta parte de la totalidad de la superficie que ocupan los bosques en el planeta ha sido plantada por el hombre.

Exquisiteces caras

Si alguien desea gastar mucho dinero en alimentación, debería reparar en los hongos y, especialmente, en las trufas, que son uno de los manjares más caros que existen. Prueba de ello es que determinadas piezas seleccionadas del Perigord francés pueden costar hasta 696.000 pesetas el kilo. No obstante, las trufas blancas son aún más costosas, ya que su precio rebasa el 1.131.000 pesetas el kilo. Cabe decir que con una cantidad menor a una décima parte de gramo se puede apreciar el aroma de las trufas, ya que éste es tan intenso que incluso se percibe a través de una bolsa de plástico.

Vida (casi) en todas partes

Las bacterias son muy resistentes, dato que conoce sobradamente la ciencia. Sin embargo, los investigadores no se esperaban que aparecieran bacterias vivas a 41.400 metros de altura, donde la temperatura alcanza los –100 °C y apenas queda ni rastro de atmósfera.

EL HOMBRE

Cuando la mañana del 30 de noviembre de 1974 el doctor Donald C. Johnson y su colaborador Thomas Gray cruzaron el río Awash por Hadar (Etiopía), no sospechaban que iban a toparse con una mujer que habría de arrojar nueva luz sobre la existencia del hombre. A escasos metros de la orilla encontraron a «Lucy».

Lo curioso de Lucy era que llevaba muerta mucho tiempo, más de tres millones de años, tal como posteriormente demostraron las investigaciones realizadas en el 40 % de esqueleto que todavía conservaba. Así pues, Lucy, que a su muerte debía de tener unos 40 años y medir 1,06 metros de estatura aproximadamente, se convertía en el «homínido» de mayor antigüedad, o sea, en el ser más antiguo parecido al hombre; en su tatarabuela, por así decirlo. Al parecer, algún tiempo después, otros investigadores encontraron en Kenia y en el sur de China maxilares, muelas y algunos otros vestigios humanos de los albores de la vida que podían ser anteriores, de modo que la pregunta acerca de quiénes eran nuestros antepasados primigenios continúa sin resolver. Con todo, no cabe la menor duda de que, desde los tiempos de Lucy hasta hoy, el hombre ha hecho grandes progresos y que en un período de tiempo proporcionalmente escaso, ha desarrollado una impresionante capacidad de transfigurar todo el planeta según su propia imaginación, aunque ignoramos si seguirá avanzando con la misma presteza.

Ahora bien, si el saber se ha ido acumulando de forma continuada a lo largo de millones de años, ¿podríamos suponer que las capacidades de que disponemos hoy las hemos adquirido también con ese «devenir del tiempo»? Ni mucho menos. No cabe sino pensar que nuestros antepasados mostraban escaso interés en su progresivo desarrollo y que durante millones de años la vida apenas cambió porque la inventiva humana estaba adormecida.

De hecho, sólo hace algunos miles de años que despertó; desde aquel momento, logró impulsar cambios en un tiempo récord; a partir de entonces el ritmo evolutivo del saber no ha dejado de aumentar. Desde el invento de la escritura hasta el de la imprenta tuvieron que pasar 4.000 años; desde la imprenta de Gutenberg hasta la fotocomposición sin caracteres de madera o de plomo transcurrieron apenas unos 400 años; en la actualidad –unos 40 años después–, los ordenadores imprimen sin pasar por las máquinas de composición.

Por otra parte, estimaciones recientes han constatado que en los últimos 30 años se ha adquirido un 90 % del saber de que dispone actualmente la humanidad. Así, cabe imaginar que en el próximo milenio se vuelvan a duplicar los conocimientos que hoy poseemos.

Tanto es así que algunas proezas humanas que no distan de nosotros ni siquiera una generación son ya historia. El primer trasplante de corazón, efectuado por Christaan Barnard el día 3 de diciembre de 1967 en el Hospital Groote Chuur de Ciudad del Cabo, es ya agua pasada. En nuestros días, se supera considerablemente la cifra de 1.000 trasplantes de corazón al año y las probabilidades de vida han pasado de aquellos escasos 18 días de la primera persona a quien se le trasplantó un corazón (Louis Washkansky) a varias décadas. Por otro lado, el primer vuelo supersónico, realizado por Chuck Yeager el 14 de octubre de 1947 hace tiempo que pasó a la historia, y el primer alunizaje del 21 de julio de 1969 ha quedado casi en el olvido. El hombre apuesta siempre por nuevos récords; en la actualidad lleva a cabo, casi sin esfuerzo, hazañas que en el pasado habría considerado absolutamente imposibles.

Con todo, los progresos del hombre no son los únicos que despiertan nuestro asombro; también el cuerpo humano resulta fascinante, en especial, en lo que atañe a las variaciones de estatura. Así, los hombres más bajos miden menos de un metro, mientras que los más altos superan los 2,20 metros.

Igualmente fascinante es su «construcción biológica». Cada día mueren miles de células cerebrales que son reemplazadas por otras nuevas. Su capacidad de resistencia no es menos fabulosa. Así, un estadounidense pudo sobrevivir a una ráfaga de calor que hizo que su temperatura corporal aumentara a 46,5 °C, mientras que otros hombres soportan temperaturas de –16 °C sin sufrir lesiones.

Intérnese a continuación en un mundo asombroso en el que los hombres son los protagonistas.

Niños, niños

Entre 1725 y 1765, la mujer de un campesino ruso llamado Fiódor Vasiliev trajo al mundo 16 parejitas de gemelos, siete trillizos y cuatro cuatrillizos, esto es, un total de 69 niños.

El planeta se queda pequeño

La población del mundo crece de forma explosiva.

Año	Millones de personas
10000 a. C.	6
0	250
1000 d. C.	250
1500	450
1750	750
1900	1.600
1950	2.500
1975	4.000
1987	5.000
2000	6.200 (aproximadamente)
2025	8.500 (aproximadamente)

Desde el año 40000 a. C. hasta nuestros días han muerto unos 60.000 millones de personas; según las cifras computadas por el demógrafo francés J. N. Biraben, actualmente vive una undécima parte de todas las personas que han vivido.

El habla

El hombre no ha hablado siempre. Empezó a hacerlo en un determinado momento de la historia de su evolución. Los científicos calculan que debió de aprender hace sólo unos 45.000 años; desde entonces, apenas se ha apreciado alteración alguna en la laringe de nuestros antepasados. En la actualidad, el idioma más extendido

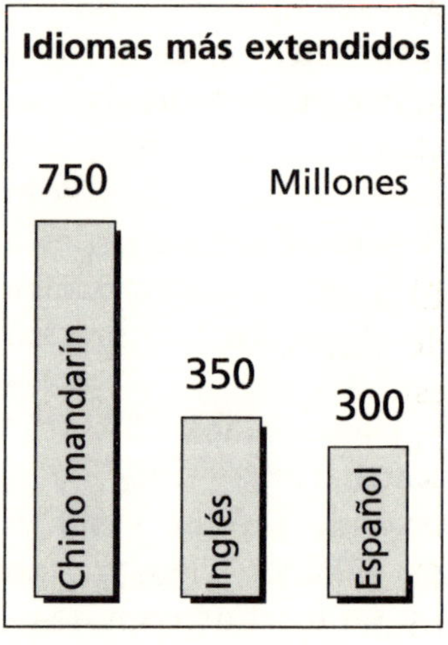

en el mundo es el chino mandarín o chino septentrional, con más de 750 millones de hablantes. A modo de comparación, valga observar que sólo unos 350 millones de personas hablan inglés.

No obstante, tuvieron que pasar muchos años para que nuestros antepasados aprendieran a escribir. Los indicios más remotos de signos escritos datan aproximadamente del año 8500 a. C. y el idioma escrito más antiguo es el chino, al que se le atribuye una antigüedad de 6.000 años. A partir de ahí, el hombre no dejó de potenciar su don de lenguas; en la actualidad, existen en el mundo unos 5.000 idiomas y dialectos que también se escriben.

Energía para pensar

Aunque el cerebro humano no crece, no se mueve y tampoco se puede fragmentar ni comprimir, necesita un 25 % del oxígeno que asimila una persona.

Regeneración

Aunque se extirpe hasta un 80 % del hígado, el resto seguirá funcionando y transcurridos unos meses el hígado mermado habrá recuperado su tamaño original.

¡Atención: ácido!

El ácido clorhídrico de un estómago humano puede corroer el hierro. Por esta razón, las paredes del estómago están protegidas por una gruesa capa de mucosa.

Justo castigo

Cuando Vera Czermak, ciudadana de Praga, se enteró de que su marido la engañaba, saltó por la ventana del tercer piso de su vivienda. La señora Czermak fue a caer encima del señor Czermak, que precisamente regresaba a su casa en aquel momento. El señor Czermak murió, pero la señora Czermak continuó viviendo.

Un buen recibimiento

En el antiguo registro del hospital de la ciudad inglesa de Norwich puede verse que se administraba a cada niño nueve litros de cerveza a la semana.

Generoso

John D. Rockefeller apenas tenía 16 años cuando hizo su primera donación para una causa benéfica. Desde entonces hasta el final de su vida, a los 98 años, sus contribuciones al bienestar público se cifraron en 500 millones de dólares.

Nombres

Según el Antiguo Testamento, durante un período de 2.000 años, a los hombres se les llamaba por un único nombre de nacimiento. No obstante, esta circunstancia no se ha vuelto a repetir.

Buena memoria

Daniel McCartney era famoso más allá de las fronteras de su patria, Inglaterra, por su extraordinaria memoria. Podía recordar con toda exactitud qué tiempo había hecho cada día desde su etapa de colegial. En 1887, poco antes de morir con 70 años, aún recordaba lo que había comido cada día de los últimos 40 años, por la mañana, al mediodía y por la noche.

Manzanas verdes

El dicho según el cual una manzana que no está madura causa malestar en el abdomen carece de fundamento. Una manzana verde no puede provocar ningún malestar ya que el abdomen no puede distinguir entre una manzana madura y otra que no lo esté.

Vaya con los jóvenes...

No es nuevo que los adultos tengan problemas para entender a los jóvenes y que se piense de ellos lo peor para el futuro. Ya antes de la era cristiana, Sócrates se lamentaba diciendo: «Hoy, los niños son tiranos; no se levantan cuando sus mayores entran en la sala, contradicen a sus padres, cuchichean en las reuniones, se comportan como glotones en la mesa, cruzan las piernas y tiranizan a su profesor». A lo que Platón añadiría: «Se agrupan en cuadrillas y pronuncian improperios. Su moral deja mucho que desear. ¿En qué van a convertirse?».

Ayuno

¿Cuánto tiempo puede resistir un adulto sin comer? Pues, más o menos, un mes; esto resulta aún más asombroso si se piensa que no puede estar sin beber más de dos o tres días. Además, un adulto necesita diariamente un litro de agua como mínimo.

Desorientado

Sigmund Freud, el padre del psicoanálisis, tenía que viajar siempre acompañado. La razón era que este hombre genial no se veía capaz de leer un mapa de carreteras.

Tertulia de sobremesa

Aunque se dice que los árabes ya bebían café en torno al año 850 d. C., lo cierto es que el café llegó a Europa en 1517. La primera cafetería de Londres data de 1632, mientras que la primera de las mundialmente famosas cafeterías vienesas no se abrió hasta 1683.

Monedas

¿Con qué pagaban los hombres antes de guardarse las primeras monedas en el bolsillo? Pues, con cheques. Unos 1.000 años antes de que se acuñasen las primeras monedas, en Babilonia ya se conocía el sistema de cheques, si bien, evidentemente, en aquel tiempo las sumas se grababan sobre tablillas de arcilla.

Envenenamiento por hierro

Los antiguos romanos bebían vino en vasijas que habían sido rematadas con hierro y, por si esto fuera poco, sus médicos les recetaban hierro contra la diarrea; muchos historiadores están convencidos de que ésta fue la causa de las intoxicaciones por hierro que, entre otras cosas, produjeron la esterilidad de las mujeres romanas. Por esta razón, la clase dominante de Roma se extinguió en pocos siglos, sucumbiendo así el Imperio.

Menos horas de sueño

Hoy en día, en los países civilizados, los adultos duermen unas 7,5 horas diarias aproximadamente, alrededor de una hora menos que en el siglo pasado. El motivo no es otro que la luz eléctrica.

La piel

Un centímetro cuadrado de nuestra piel contiene unos tres millones de células, 0,9 vasos sanguíneos y casi 3.000 células táctiles. A esto hay que añadir las glándulas sebáceas y las sudoríferas, además de las raíces del cabello.

Sección transversal de la piel

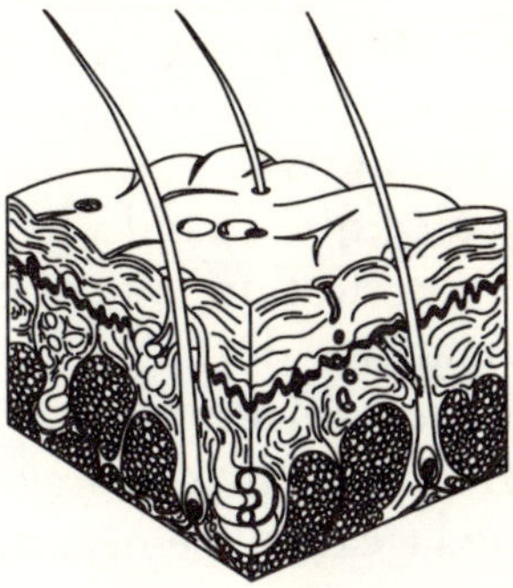

Dulce bocado

Las personas que posean unas agudas papilas gustativas pueden llegar a distinguir el sabor de un centímetro cúbico de azúcar disuelto en 200 centímetros cúbicos de agua, o sea, en 0,2 litros. Pero aún hay más; las mariposas pueden apreciar el sabor dulce incluso cuando se diluye un centímetro cúbico de azúcar en 300 litros de agua.

La casa interminable

Sara Winchester dejó de construir habitaciones en su casa porque estaba convencida de que pronto iba a morir; para entonces, su domicilio en San José de California había crecido ya de forma monstruosa. Cuando esta dama obsesionada por la construcción murió en 1922, a los 85 años de edad, su casa tenía 160 habitaciones, 2.000 puertas y 10.000 ventanas. En la actualidad, la casa es una atracción turística.

Mujer, mujer

El doctor James Barry se había incorporado al ejército inglés de la reina Victoria en calidad de médico militar con el rango de general. Había sido incluso inspector general del cuerpo del hospital. Pero a la hora de su muerte, tras 40 años de servicio, declaró que «él» era una mujer.

Pelo gris

Se dice que cuando las personas sufren un duro golpe del destino, su cabello puede encanecerse repentinamente de la noche a la mañana. Esto son solamente habladurías, ya que ni el cabello se puede volver gris en unas horas ni existe disgusto alguno que pueda causar semejantes efectos, excepto si se tiñe, claro.

Caída libre

El ciudadano ruso Tschisov se cayó sin paracaídas desde su avión que volaba a 6.700 metros de altura. Para su suerte, fue a parar al flanco de una montaña cubierta de nieve y sólo se rompió algunos huesos.

En la mente

El aparato visual del ser humano compone siempre las imágenes cabeza abajo, como ya advirtió el célebre astrónomo Johannes Keppler; es nuestro cerebro el que, acto seguido, restituye las imágenes a la posición correcta.

Superfluo

En el cuerpo humano no todo desempeña una función. Por eso, todavía llevamos con nosotros parte de una cadena de huesecillos que, en realidad, debían de formar parte de una cola; además, poseemos músculos cuya función inicial era mover las orejas.

Impulsos rápidos

Algunas señales se transmiten a una velocidad superior a los 300 km/h a través de las fibras nerviosas. Por esta razón, una orden desde el cerebro al pie tarda en llegar menos de una quincuagésima parte de segundo.

Oxígeno

La sangre se encarga de conducir el oxígeno a todas las regiones del cuerpo, incluso a las más alejadas. Sin embargo, la córnea de los ojos no posee ni un solo vaso sanguíneo, así que toma el oxígeno directamente del aire.

Tamaño de las células

El óvulo femenino es la célula más grande del cuerpo humano. Con algo más de 0,1 milímetros de diámetro, es casi tan grande como un punto al final de una frase.

Por su parte, la célula menor es 200.000 veces más pequeña que el óvulo: se trata de la célula espermática masculina.

Colores

El ojo humano puede distinguir casi 10.000 colores distintos, siempre que las facultades visuales sean satisfactorias.

Más colores

Parece evidente que las mujeres tienen menos dificultades con los colores que los hombres. Apenas un 0,5 % de la totalidad de las mujeres son daltónicas, frente a casi un 8 % de hombres que no pueden distinguir algunos colores.

Huesos diminutos

El huesecillo del oído medio se llama «estribo». Dado que su tamaño es de 3 milímetros por término medio, se trata de nuestro hueso más pequeño.

Las cosas de la edad

Siempre ha habido informes sobre personas especialmente longevas, pero muchos de ellos llaman a engaño, ya que la ciencia está completamente segura de que el hombre no puede sobrepasar los 120 años de edad. Asimismo, los agentes que elaboran las estadísticas para las compañías de seguros consideran que en la actualidad sólo hay unas tres personas con más de 115 años de edad en todo el mundo. Con todo, en Estados Unidos, de cada 4.000 ciudadanos uno llega a los 100 años de edad. Se ha comprobado que el hombre más viejo fue el japonés Shiechiyo Izumi, que murió con 120 años y 237 días. Este récord de edad podría ser superado por Jeanne Clement, una mujer francesa que el 21 de febrero de 1994 celebró su 119 cumpleaños.

Número de células

Cada persona se compone de 50.000.000.000.000.000.000 (50 trillones) de células y cada una de estas células consta de aproximadamente tantas moléculas como 10.000 veces las estrellas que existen en la Vía Láctea.

Sobre la piel

Si pudiéramos salir de nuestra piel, pesaríamos unos tres kilos menos, dado que éste es, aproximadamente, el peso de la piel de un adulto.

Peso pesado

Jon Brower, de Washington, llegó a pesar unos 635 kilos, mientras que el mayor peso pesado femenino fue Percy Washington, también originaria de Estados Unidos, que llegó a alcanzar unos 399 kilos.

Niño lobo

En las cercanías de un pueblo próximo a Lucknow (India), se halló en 1976 a un niño de ocho años considerablemente cubierto de pelo. Dado que en aquel momento estaba jugando con lobeznos, todo indujo a pensar que había sido criado por los lobos. Pero como a los habitantes del pueblo les resultaba imposible apaciguar al niño lobo, terminaron ingresándolo en un hospicio de Nueva Delhi, donde murió en 1985.

Menos huesos

Los niños tienen 300 huesos, mientras que los adultos sólo cuentan con 206; esto se debe a que algunos huesos se fusionan con otros durante el crecimiento.

El crecimiento de las uñas

Las uñas de la mano crecen unos 2,5 cm al año, frente a los apenas 0,7 centímetros de las uñas del pie.

Diferencias sanguíneas

Los hombres poseen más sangre que las mujeres, además de un número superior de glóbulos rojos por litro; la proporción aproximada es de unos 5,5 litros de sangre masculina frente a unos tres litros de sangre femenina.

Sin dolor

El cerebro no siente en absoluto, razón por la cual las operaciones cerebrales no requieren anestesia.

Los más altos y los más bajos

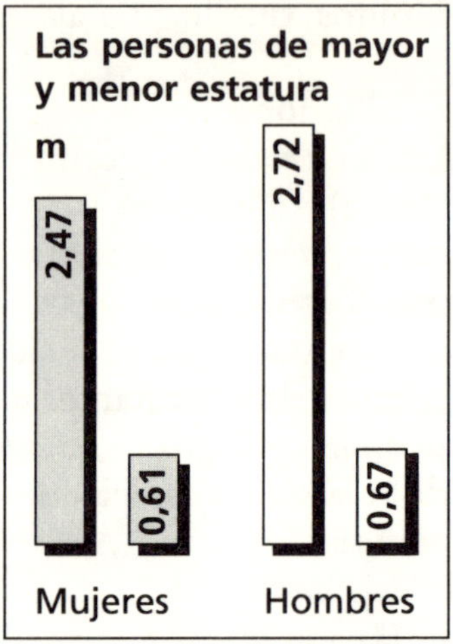

Zeng Jin-Lian, originaria de la provincia china de Hunan, figura como la mujer más alta del mundo; a su muerte, acaecida en 1982 cuando tenía 18 años, medía 2,47 metros. Por su estatura, el estadounidense Robert Wadlow sobrepasa al resto de los hombres; poco antes de morir, a los 22 años, se le volvió a medir y ésta quedó establecida en 2,72 metros. El hombre más bajo ha sido el estadounidense Calvin Phillips, que sólo medía 67 centímetros de altura. Asimismo, una holandesa cuya talla era de sólo 61 centímetros es considerada la mujer más baja del mundo.

Resistencia muscular

Los hombres emplean los músculos más resistentes para masticar; con ellos producen una fuerza que basta para oponer una resistencia equiparable a un peso de 80 kilos. En un caso extremo, dicha fuerza puede llegar a ser incluso superior a los 400 kilos de peso.

El grupo sanguíneo más frecuente

El grupo sanguíneo más frecuente es el grupo sanguíneo o; casi la mitad de la población del planeta lo posee.

Vida corta

Casi todas las células del cuerpo humano van siendo sustituidas por otras nuevas en el transcurso de la vida; las células que se regeneran con mayor rapidez son las células del intestino, que apenas «sobreviven» tres días. Las que nos son fieles durante un período de tiempo más largo son las células del cerebro, que nos acompañan durante toda la vida.

Suministro de energía

Cuando una persona entra en una sala, produce el mismo efecto termodinámico que si se encendiera una bombilla de 120 voltios. En efecto, ésta es la equivalencia calorífica que proporcionalmente irradia un adulto.

Gustos

No podemos distinguir el sabor de una sustancia que no se pueda disolver en un líquido; el azúcar, por ejemplo, no puede apreciarse con la lengua seca. Esto significa que si las mucosas de la nariz no fueran húmedas, tampoco podríamos oler.

MEDICINA

Los médicos destinan una buena parte de su tiempo a la tarea de perseguir a un adversario al que ni siquiera pueden ver: bacterias y virus diminutos –de los cuales caben millones en un dedal– son los causantes de muchas enfermedades. Desde el inofensivo resfriado hasta la mortal peste bubónica de la Edad Media, pasando por algunos tipos de cáncer o incluso el mundialmente extendido síndrome de inmunodeficiencia adquirida (SIDA) deben su origen a estos diminutos microorganismos. Frente a este interminable número de agentes patógenos, ¿está en manos de los facultativos erradicar completamente una afección? ¿Acaso no quedarán siempre, en alguna parte, microbios que ocasionen de tanto en tanto un nuevo brote de la enfermedad?

Curiosamente, esto no tiene por qué ser siempre así. De hecho, todo parece indicar que los médicos han conseguido erradicar por fin el temible virus de la viruela; las revistas especializadas de medicina de 1994 informan cumplidamente de ello.

Ya en 1798, el médico inglés Edward Jenner dio el primer paso para combatir la que fuera durante siglos una enfermedad corriente, temible y mortal en un 40 % de los casos, al descubrir que una vacuna a base de viruela inofensiva de vaca preservaba del peligroso virus.

A lo largo de los 200 años siguientes, se experimentaron muchas vacunas; finalmente, en 1979, la Organización Mundial de la Salud (OMS) pudo comunicar que la lucha había terminado. En 1977 se registraba en Senegal el último caso de viruela y desde entonces no ha vuelto a manifestarse en ningún otro lugar del mundo. No obstante, esto no ha afectado en absoluto a la cláusula sobre las gratificaciones por valor de 1.000 dólares estadounidenses que la OMS estaba dispuesta a pagar por cada uno de los casos registrados, cláusula que aún hoy sigue vigente. En definitiva, parece que los virus de la viruela están completamente extinguidos.

O tal vez no del todo, puesto que todavía existen dos colonias de estos virus. Ambas se encuentran en laboratorios de alta seguridad, una de ellas en Atlanta y la otra en Moscú, ya que los científicos no se ponen de acuerdo sobre la conveniencia de aniquilar estas colonias y erradicar así para siempre esta forma de vida. En este punto, la victoria más brillante de la medicina deja un regusto amargo.

Con todo, no son sólo las muchas decisiones cruciales que deben adoptarse (otro ejemplo de ellas son los criterios según los cuales se elige a un paciente para un trasplante de corazón) las que hacen de la medicina una ciencia tan interesante; es preciso aludir también a los sorprendentes hallazgos y a los triunfos inverosímiles de una práctica profesional que se rige por los sentimientos humanitarios y, en ocasiones, también por la mera casualidad.

Gracias a las encuestas estadísticas se ha comprobado que no hay ninguna razón que justifique el llamado «sexo fuerte» como tal. Es más, de hecho, las investigaciones médicas revelan que las mujeres son más resistentes que los hombres; esta circunstancia empieza a manifestarse incluso antes del nacimiento, ya que los embriones y los fetos masculinos suelen enfermar con más frecuencia que los femeninos. Lo mismo ocurre con los bebés y, en las últimas décadas de la vida, se ha podido comprobar que son –una vez más– las mujeres quienes poseen un índice más alto de supervivencia.

Cuando se trata de soportar el dolor, también las mujeres van por delante de los hombres. Según una escala de dolor del uno al 10 establecida por los facultativos, en el grado siete figura el cólico nefrítico; por encima de éste, en el grado 10, los médicos registran un solo acontecimiento aún más doloroso, a saber, el que las mujeres experimentan al dar a luz.

No deja de ser sorprendente la vía tan poco convencional por la que se llegó a un nuevo avance médico como fue, en su momento, el trasplante de córnea. El primer intento en este sentido no se realizó precisamente para devolver la vista a un hombre ciego, sino para que un animal pudiera volver a ver. Se atribuye esta proeza de la medicina a un médico del ejército inglés destinado en la India que operó, con éxito inmediato, a un antílope ciego que él mismo había domesticado; aunque resulte asombroso, se desconoce por completo el nombre de este pionero de la cirugía.

No obstante, la historia de la medicina no recoge únicamente éxitos y fracasos, sino también cierta charlatanería y algunas falsedades. Sorpréndase leyendo las próximas páginas.

Abejas contra el reuma

El reumatismo es una enfermedad ampliamente extendida que desde siempre ha ocasionado molestias a los seres humanos. Esto explica que desde muy pronto se intentara buscar una forma de aliviarlo; uno de los remedios más sorprendentes contra el reumatismo es la picadura de abeja. Algunos médicos acreditados incluso guardan abejas en un recipiente de vidrio. Ante una extremidad aquejada de reuma, abren el recipiente y lo presionan sobre la extremidad. Al dejarles el paso libre, las abejas irritadas clavan su aguijón pocos instantes después. Se tiene constancia de muchos casos en los que el dolor disminuyó o llegó a desaparecer por completo.

Algo similar se cuenta también sobre la mordedura de hormigas, dado que todavía en las primeras décadas de este siglo se consideraba del todo razonable sentarse desnudo en un hormiguero para aliviar el reuma. No obstante, queda por saber cuántas personas recurrieron realmente a este método tan drástico.

Sangre de coco

Durante la Segunda Guerra Mundial, en el Sudeste Asiático, unos médicos estadounidenses descubrieron que las heridas sanaban mejor cuando se cosían con fibra de coco. Tras algunas investigaciones posteriores, dieron a conocer que –en caso de necesidad– el líquido de los cocos verdes podía servir como sustitutivo de la sangre.

El milagro del cerebro

En un laboratorio de Wichita (Kansas) un equipo de patólogos –bajo la dirección del doctor Thomas Harvey– diseccionó el cerebro de Albert Einstein gramo a gramo con la idea de encontrar algún indicio de la genialidad del más célebre físico de todos los tiempos. No obstante, no pudieron apreciar ninguna particularidad en especial.

Hoy en día, tenemos un conocimiento bastante exhaustivo del cerebro, pero, aun así, buena parte de este órgano sigue siendo para nosotros un auténtico enigma.

Sabemos a ciencia cierta que hay zonas determinadas del cerebro a las que se atribuyen funciones concretas, como el movimiento de la mano izquierda, el habla, etc. Por otra parte, algunos médicos han expuesto casos de lesiones cerebrales graves que han dañado amplias zonas del cerebro pero que –sorprendentemente– apenas han hecho mella en los pacientes afectados. Hay razones para pensar que el cerebro tiene una estructura similar a la de un holograma –una imagen tridimensional registrada con rayos láser–. Si dicho holograma se secciona en múltiples fragmentos, cada uno de ellos conserva no sólo una parte de dicha imagen, sino también las informaciones –quizás algo imprecisas– de la imagen en su totalidad. Algo parecido ocurre con la memoria; la pérdida de una parte del cerebro no implica necesariamente la pérdida de una parte de la memoria; puede suceder incluso que en muchos casos se conserve en su totalidad, aunque no tiene por qué ser siempre así.

Algunos hechos fortuitos corroboran que la actividad del cerebro es más que sorprendente, y su estructura del todo enigmática. En 1847, a un joven de 25 años que trabajaba en el tendido ferroviario se le incrustó una vara de hierro en el cráneo a causa de una imprudencia cometida durante una detonación; el trabajador permaneció consciente y los médicos, al extraerle la vara, le extrajeron también una parte del cráneo y de la masa cerebral. Nadie podía creer que este hombre, tan gravemente herido, pudiera seguir con vida; sin embargo, se restableció y únicamente se quedó ciego del ojo izquierdo. Otro caso similar es el de una molinera que se hizo una herida muy profunda en el cerebro al clavarse un tornillo; pese a que tuvieron que extraerle una buena parte del cerebro, nunca padeció ni un solo dolor de cabeza.

Según un informe del hospital neoyorkino de St. Vincent, en una de sus salas murió un bebé que se había movido, había comido con toda normalidad y había exteriorizado emociones a través del llanto. No obstante, al realizar la autopsia, los médicos no pudieron encontrar cerebro alguno en su cráneo. El neurólogo Hufeland dio cuenta de otro caso semejante: durante la autopsia efectuada a un paralítico, que hasta su muerte había estado cuerdo, se descubrió que en lugar de cerebro tenía un cuarto de litro de agua.

Un anciano joven

Una de las enfermedades más raras que existen se llama progeria y se trata de un mal que acorta la vida de una forma dramática. Para quienes la padecen, un año equivale a siete u ocho, de manera que cuando debieran asistir a las clases del primer curso, estos enfermos sienten y piensan ya como ancianos. Mueren apenas alcanzados los 10 o 12 años, precisamente a causa de demencia senil.

Flechas venenosas

Los indios de Sudamérica emplean para sus flechas un veneno altamente eficaz conocido con el nombre de curare. Los cirujanos también aprecian dicho veneno, aunque por motivos muy distintos, ya que el curare relaja los músculos. En las operaciones de abdomen este efecto es muy importante, pues la musculatura de esta parte del cuerpo es tan rígida que, en caso de que el paciente sufra espasmos –algo nada sorprendente tratándose de una operación–, los cirujanos pueden verse ante un obstáculo difícilmente superable. En la actualidad, el curare se ha sustituido por un compuesto químico.

Elección del lugar

En cierta ocasión, Rhazes, famoso médico árabe del siglo IX, se vio con el cometido de encontrar, en Bagdad, un lugar apropiado para construir un hospital. Se le ocurrió un método tan sorprendente como efectivo: colgar trozos de carne fresca en todos los lugares de la ciudad que consideraba oportunos. Unos días después, escogió para el emplazamiento del hospital el lugar donde el trozo de carne estaba menos putrefacto.

Ketchup

En un principio, el Ketchup no se comercializó como condimento de las patatas fritas y el bistec, sino como remedio medicinal. Entre 1820 y 1830 tuvo una gran acogida en Estados Unidos con el nombre de «Compuesto de extracto de tomate del doctor Mile»; parece ser que en algunos casos dio buen resultado. Pero el Ketchup no es el único producto conocido en todo el mundo que originariamente tuviera funciones medicinales; lo mismo sucedió con la Coca-Cola.

Serpiente de cascabel

A comienzos de este siglo, una revista médica daba a conocer que a un epiléptico le había mordido una serpiente de cascabel y que, dos años después, la epilepsia había desaparecido. Muchos médicos empezaron a tratar a sus pacientes epilépticos con veneno de serpiente. Aunque algunos enfermos dejaron de tener ataques epilépticos, la mayoría de los médicos no pudo determinar efecto alguno, por lo que alrededor de 1930 este tratamiento fue descartado.

Política y mosquitos

Si en Panamá no hubiera habido mosquitos, los americanos tampoco se habrían hecho con el control del canal de este país centroamericano. Según parece, fue una empresa francesa la que inició las obras; pero murieron tantos de sus trabajadores a causa de la fiebre amarilla que se vieron obligados a pagar sueldos increíblemente elevados para encontrar nuevos empleados; los costes ascendieron de una forma tan desorbitada que los franceses acabaron devolviendo el contrato para la construcción del canal entre el océano Atlántico y el Pacífico. A continuación, los americanos se hicieron con el contrato y concluyeron rápidamente las obras del canal. Esto sólo pudo ser así porque el médico militar William Crawford Gorgas había descubierto que la fiebre amarilla era transmitida por los mosquitos, así que pudo atajarla en pocos meses.

Guerra de vacunas

Cabe preguntarse si el ejército prusiano habría podido ganar la guerra contra los franceses sin la ayuda de la medicina; entre 1870 y 1871, los franceses perdieron más de 20.000 soldados a causa de la viruela, mientras que en el bando prusiano la epidemia no se cobró ni 300 víctimas, debido a que los soldados tenían la obligación de vacunarse contra la viruela.

Caníbales

Los médicos fueron responsables de que se conservara hasta la Revolución Francesa una costumbre que puede considerarse canibalismo, en el sentido estricto de la palabra. En aquel entonces, en Europa era costumbre triturar partes de momia y prescribir el polvo como medicamento. No sabemos cuántos egipcios muertos habrán ido a parar de esta manera a los estómagos de nuestros antepasados.

Ejército de plantas

Un gigantesco ejército de plantas está preparado para combatir las enfermedades de los seres humanos. Durante años de trabajo, la Organización Mundial de la Salud ha tomado nota de todas aquellas plantas cuyos efectos curativos se hubiesen apreciado alguna vez. Este compendio ha recurrido básicamente a libros de plantas y de medicina muy antiguos y a recetas que se han ido transmitiendo oralmente. El resultado es sorprendente: se han registrado más de 20.000 tipos de plantas y el informe todavía no se ha concluido.

Sin cáncer

El cáncer es una de las enfermedades más frecuentes y, ciertamente, también una de las más crueles de nuestro tiempo. Pero sería una falacia suponer que antaño no se dieron casos de cáncer; se sabe que hace siglos ya existía, aunque es posible que fuera designado con otros nombres. Pese a la propagación generalizada de esta enfermedad, cabe hacer una excepción: para los hunza, pueblo del noroeste de Cachemira, el cáncer era un mal completamente desconocido.

Cirugía proscrita

Los cirujanos figuran hoy entre los miembros más prestigiosos del estatus médico, aunque no siempre han disfrutado de este buen nombre. Durante siglos, la actividad profesional de los cirujanos pasaba por ser una ocupación trivial; por esta razón, quienes la practicaban eran los barberos, que frecuentemente solían ser a la vez dentistas. En 1215, el Papa prohibió –expresamente– el ejercicio de la cirugía a todos los hombres de la Iglesia que tuvieran a su cargo un dispensario.

Vehemente

Se considera que el médico indio doctor Modi fue el cirujano más diligente. Se cuenta de él que llegó a operar de cataratas hasta a 833 personas al día; en total, debió de realizar casi 600.000 operaciones en el transcurso de toda su vida.

Sin bocio

Muchos seres humanos habrían podido evitarse el lastre del bocio si hubieran adoptado las medidas preventivas y completamente eficaces que se conocían, de hecho, mucho antes de ser llevadas a la práctica. Tal como descubrió el químico francés Jean Boussingault, el compuesto de yodo evita la formación de bocio aunque, en realidad, no se recurrió a este saber hasta el siglo XX, todo y que ya databa de unas décadas antes.

El estetoscopio

Desde hace siglos, los médicos escuchan los latidos del corazón para detectar los síntomas de las enfermedades, por eso el médico tenía por costumbre pegar el oído a la caja torácica del enfermo. Debido a la extrema corpulencia de una de sus pacientes, el médico francés René Laennec no conseguía oír nada, de modo que enrolló una hoja de papel en forma de tubo, inventando así el estetoscopio, un aparato que ha pasado a ser el emblema de todo el cuerpo médico. Laennec no se olvidó del tubo de papel enrollado, sino que siguió trabajando durante los años posteriores hasta desarrollar, en 1826, un estetoscopio en toda regla.

Piedras en el riñón

El doctor Humphrey Arthure, médico británico, se ha adjudicado la proeza de haber extraído en una operación la mayor piedra de riñón que se haya conocido nunca, pues su peso en la balanza fue de nada menos que 6,20 kilogramos. Cabe imaginar que su paciente de 80 años de edad debió de sentirse feliz cuando, en 1952, consiguió librarse de semejante lastre.

El ser humano como un tonel

Si el padre del médico austriaco Leopold Auenbrugger no hubiera sido tratante de vinos, posiblemente este importantísimo método de diagnóstico médico no se habría descubierto hasta mucho después. Auenbrugger se dio cuenta de que podía deducir la complexión interna de su paciente por el tono que sonaba al golpear en el pecho de dicho paciente. Había visto a su padre emplear el método de golpear los toneles de vino para determinar su nivel de llenado.

El mal extranjero

Si no se hubiera descubierto América, tampoco se habría producido nunca la sífilis en Europa. Esta enfermedad ya la trajo consigo Colón a través del océano Atlántico en su primer viaje de regreso a España, donde precisamente en 1493, un año después del descubrimiento oficial de América, estalló una epidemia de sífilis.

Trasplante de corazón

Hasta la fecha, ningún paciente al que se le haya practicado un trasplante de corazón ha sido tan joven como el canadiense Paul Holt, dado que en el momento de realizarse la operación éste contaba sólo con dos horas y media de vida y, además, había nacido con seis semanas de adelanto.

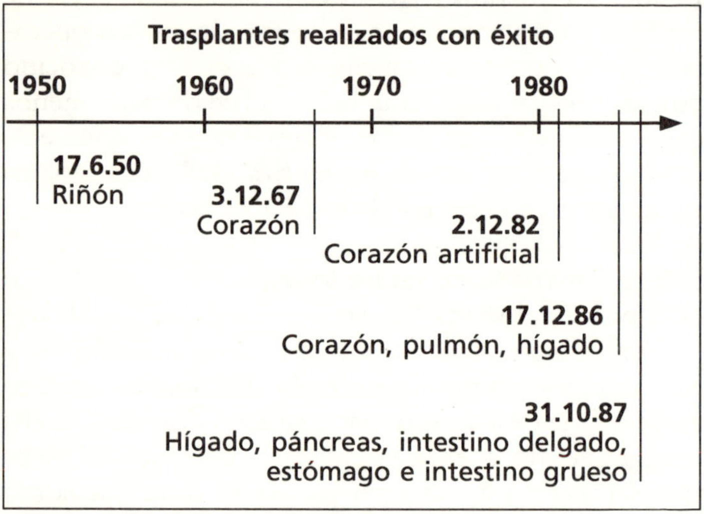

Vitaminas

Durante mucho tiempo, la ciencia médica partió de la base de que el cuerpo humano sólo podía absorber pequeñas dosis de vitamina C, y que, en consecuencia, únicamente necesitaba cantidades mínimas. Sin embargo, estudios recientes han demostrado que la vitamina C, administrada en grandes dosis, puede actuar como preventivo frente a algunas enfermedades, entre las que se encuentra incluso el cáncer. Con todo, lo que sí parece ser absolutamente cierto es que esta vitamina previene las enfermedades causadas por enfriamientos. Corrobora este juicio la sentencia popular, según la cual una manzana al día mantiene alejado al médico. Las manzanas contienen mucha vitamina C.

Paro cardiaco

Jan Refsdahl, un pescador noruego, se cayó al mar helado; cuando fue trasladado al hospital, su temperatura corporal era de tan sólo 24 °C y, lo que es aún peor, su corazón había dejado de latir. Sin demasiadas esperanzas, los médicos lo conectaron a una máquina cardiopulmonar empleada habitualmente para realizar operaciones a corazón abierto; sorprendentemente, su corazón empezó a palpitar de nuevo, después de haber permanecido parado unas cuatro horas en total.

Transmisión hereditaria

Sólo los hombres pueden padecer enfermedades de la sangre, si bien no pueden transmitirlas de forma hereditaria. Las mujeres, por el contrario, no manifiestan síntoma alguno de enfermedad sanguínea, aunque sí pueden transmitirlas.

Anestesia total

Ya unos 180 años después del nacimiento de Cristo, un médico chino realizaba operaciones a pacientes a los que previamente había anestesiado por completo con un brebaje a base de vino y cáñamo.

Corazón artificial

William Schroeder, oriundo de Kentucky, pudo sobrevivir 620 días con un corazón artificial. Por esta razón, las autoridades médicas competentes retiraron la licencia de fabricación de prótesis de corazón. En la actualidad, se emplean en todo el mundo corazones artificiales que asisten a pacientes enfermos tanto tiempo como dure la espera hasta poder disponer del corazón de un donante.

Fatalmente inofensivo

Las enfermedades presentan a veces modificaciones en sus rasgos. Hasta comienzos del siglo XVIII, la difteria, por ejemplo, era una enfermedad relativamente inofensiva; de repente, su morfología adquirió una forma mutante tan peligrosa que muchos de los afectados murieron por esta causa.

Trasplante de cabeza

Actualmente prevalece la opinión de que no es factible realizar el trasplante de una cabeza en su totalidad, aunque desde los años sesenta de este siglo se ha demostrado lo contrario. El doctor Robert White, cirujano estadounidense, trasplantaba cabezas de mono; para resolver el problema de la entrada ininterrumpida de sangre, optó por «empalmar» la cabeza al nuevo sistema circulatorio sin haberla separado completamente del tronco. Pero White no consiguió unir los nervios y la médula espinal de la cabeza trasplantada a los «cuerpos receptores». En la actualidad, esto sigue siendo imposible, de modo que, desde este punto de vista, tienen razón quienes aseguran que el trasplante de cabeza es impracticable.

Medicina popular

Si damos crédito a las palabras del historiador griego Heródoto, que tenía fama de ser un hombre honesto, en la antigua Babilonia no había médicos, pues este papel era asumido por todo el pueblo. Todo hace suponer que los enfermos eran trasladados a un determinado lugar de la ciudad. Al parecer, cada viandante que pasaba por allí debía informarse de sus afecciones y, si conocía algún remedio con el que combatir el mal de un convaleciente, se lo hacía saber. No obstante, Heródoto no ha dejado constancia de cómo los enfermos elegían entre todas las recomendaciones.

Penicilina

La penicilina es, como todo el mundo sabe, un producto derivado de un hongo de moho que destruye las bacterias. Pero no se descubrió en el siglo XX, como la mayoría de las veces se lee, dado que hace más de 2.000 años los antiguos egipcios trataban las infecciones con pan mohoso.

La peste

En el año 542 d. C., la peste bubónica se cobró despiadadamente su primera víctima en el sur de Europa; debieron de morir diariamente más de 10.000 personas, y sólo unos pocos afectados lograron sobrevivir. También el emperador Justiniano sintió próximo su final cuando los médicos le diagnosticaron la peste, pero sorprendentemente logró restablecerse sin más consecuencias.

Sangre ajena

Probablemente un joven francés fue la primera persona en el mundo que recibió una transfusión de sangre, hecho que ocurría en 1667. Jean Denis, el médico de cámara de Luis XIV, inyectó a este enfermo terminal un cuarto de litro de sangre de cordero y de inmediato las mejillas del joven recobraron el color, restableciéndose notablemente. Sin embargo, la mejoría fue momentánea, ya que el sistema inmunológico del joven rechazó las sustancias proteicas extrañas, por lo que el joven murió. Si le hubieran administrado sangre humana de su mismo grupo sanguíneo, probablemente habría seguido con vida.

Víctima de radiación

Cuando Marie Curie descubrió el radio, ignoraba que con ello estaba firmando su sentencia de muerte. Ajena al hecho de que la irradiación afecta fatalmente a la salud, en los años siguientes llevó a cabo múltiples experimentos con la sustancia recién descubierta. Se comprobó el efecto mortal de la radiactividad cuando su médula espinal estaba ya irreparablemente dañada. Por desgracia, Marie Curie se enteró demasiado tarde, de ahí que se le haya rendido el dudoso homenaje de ser la primera víctima por radiaciones que se ha cobrado la historia.

Prematuro

Entre todos los seres humanos que han permanecido con vida, James Elgin, de Canadá, sea quizás el que ha pasado menos tiempo en el seno materno, dado que llegó al mundo con 624 gramos de peso, tras sólo 128 días de embarazo. Sin la medicina moderna no habría sobrevivido a esta prematura fecha de nacimiento.

Gigantes

Una enfermedad a la que se le ha dado el nombre de gigantismo es la causante de que los hombres crezcan más de lo normal; su detonante es un pequeño tumor que se origina en la glándula pituitaria, más conocida como hipófisis. Este tumor hace que la hipófisis segregue en el cuerpo un exceso de hormona del crecimiento. Una vez descubierto el origen de la enfermedad, la medicina ha desarrollado técnicas para aislar este tumor, de modo que en el futuro ya no será posible ver gigantes.

Enfermedad récord

La enfermedad que se da con mayor frecuencia en el mundo no es el cáncer, ni el infarto, ni tampoco la gripe, sino la caries. Aunque la caries no sea contagiosa, apenas hay un ser humano en el planeta que en el transcurso de su vida no haya tenido una caries dental.

Contagioso y mortal

Ninguna enfermedad tiene fama de ser tan peligrosa como la peste neumónica. «La peste negra», nombre con el que se ha designado a esta enfermedad desde las grandes epidemias de la Edad Media, es, sin duda, contagiosa y mortal en la mayoría de los casos. El SIDA, que debe su origen al virus VIH, también se acoge a esta categoría; aunque su riesgo de contagio es relativamente reducido, la historia de la medicina no conoce hasta ahora ningún caso de SIDA que no haya terminado con la muerte del paciente.

Calcificación

En los países industrializados modernos, la arterosclerosis ocupa el primer lugar entre las causas de fallecimiento. Esta enfermedad trae consigo, por ejemplo, los infartos de miocardio y los accesos de apoplejía.

TÉCNICA

Cuando Colón pisó tierra firme en una isla del Caribe, todavía no era consciente de que había descubierto América. Y lo cierto es que, durante meses, él y sus marineros fueron los únicos europeos en saberlo, ya que en aquella época no existían enlaces de comunicación; la reina Isabel tuvo que esperar cinco meses hasta recibir la importante misiva. Siglos después –también en América–, cuando dispararon al presidente Lincoln durante una visita a un teatro, la perturbadora noticia habría de tardar dos semanas en llegar a Europa. No obstante, en la actualidad podemos estar en cualquier parte del mundo gracias a la llamada *via satellite life*, dotada de color y sonido. No es ninguna falacia afirmar que gracias a las técnicas de comunicación se han estrechado los lazos en el planeta.

La velocidad a la que se extienden las noticias es producto de la técnica, pero no es ni mucho menos el único. Todo el globo lleva el sello de los avances técnicos e inventos propios del genio humano.

Sin embargo, como todas las cosas, la técnica tiene dos caras: una buena y una mala. El invento de la rueda significó un importante paso adelante para el hombre, que desde entonces ha podido recorrer largas distancias transportando cargas pesadas con menos esfuerzo. Pero, por otra parte, ya el emperador romano Julio César se vio obligado a prohibir que –mientras el sol brillara en el cielo– los vehículos con ruedas circularan en el centro de Roma para evitar que las calles estuvieran constantemente bloqueadas. De este modo, los embotellamientos de tráfico, que no son sino una consecuencia inevitable de nuestra inventiva, han dejado ya atrás su 2.000 cumpleaños.

La técnica amenaza nuestro mundo, como ponen de manifiesto las gigantescas montañas de basura que generamos en la fabricación de cosas útiles. Pero debemos pensar también que contribuye a resolver problemas escabrosos de una forma perfectamente elegante. Éste es el caso de la ciudad de Reykjavik, en la fría Islandia, que se caldea simplemente con el propio calor de la tierra, sin perjudicar en absoluto el medio ambiente y por un coste mínimo.

No obstante, los avances técnicos no son siempre el resultado de concienzudas reflexiones, sino que a menudo el azar desempeña un papel decisivo. El acero inoxidable es, por ejemplo, uno de esos regalos de la casualidad. Se descubrió en 1913, cuando alguien encontró unas piezas brillantes, que sólo requerían ser analizadas, entre la chatarra herrumbrosa donde se apilaban otras tantas aleaciones experimentales y de desecho.

La técnica nos permite asimismo tender la mirada hacia mundos desconocidos gracias a la ayuda de naves espaciales, avistar el universo a través de telescopios e incluso contemplar el mundo de la molécula con precisión microscópica.

¿Cómo funciona?

La luz eléctrica, las transmisiones de radio y de televisión, además de la lavadora y los modernos ordenadores que ejecutan increíbles prestaciones, se alimentan de electricidad, que se propaga a través de campos magnéticos. Hasta aquí está todo claro. Ahora sólo cabe plantear una pregunta: ¿Qué es exactamente un campo magnético? La respuesta es sorprendente, porque lo cierto es que nadie la conoce. Así es, nadie. Ni siquiera las inteligencias más perspicaces están en condiciones de ofrecer una definición exacta.

Únicamente conocemos algunos efectos de los campos magnéticos, lo que significa que en la vida cotidiana nos servimos de un principio del que no sabemos por qué funciona. Simplemente nos contentamos con comprobar que da resultado. Pero aún hay más: acerca del campo de gravedad (la fuerza de gravedad) tenemos exactamente la misma información.

Papel

Un eunuco chino inventó el papel en el año 105 a. C.; el papel llegó a Arabia en el año 751 d. C., cuando aquellos primeros fabricantes de papel fueron apresados. En España se viene fabricando desde el año 1150, mientras que el material con el que se imprime el mundialmente conocido *Times* llegó por primera vez a Inglaterra en 1590.

Muerte espacial

Cuando la cápsula espacial *Soiuz I* regresaba a la Tierra el 23 de abril de 1967, no se abrieron los paracaídas principales, de modo que la nave espacial se precipitó contra el suelo en Kazakistán. Vladímir Komarov murió y pasó a convertirse en el primer hombre que oficialmente perdía la vida en un vuelo espacial. Sin embargo, no por ello cesaron los rumores a propósito de que no era el primer cosmonauta ruso que había muerto en misiones espaciales. El 27 de enero de 1967, morían Edward White, Virgil Grissom y Roger Chaffe, los astronautas estadounidenses de la cápsula Apollo, no precisamente durante un vuelo espacial, sino en una prueba rutinaria en tierra.

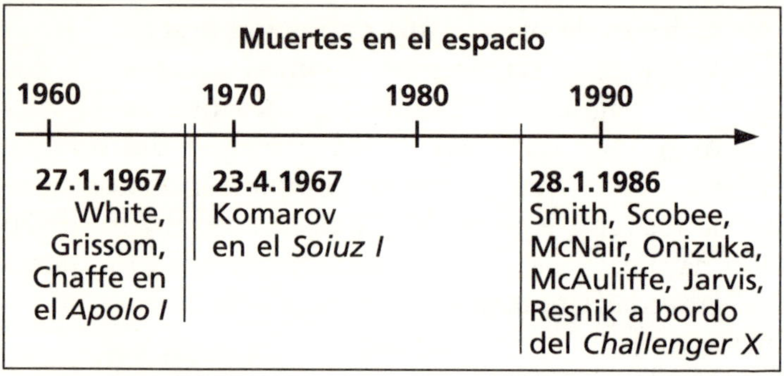

Sustancia dulce

Dos químicos de la ciudad francesa de Lyon han fabricado una sustancia que es aproximadamente 200.000 veces más dulce que el azúcar.

Estadio deportivo

El antiguo campo de *squash* de la Universidad de Chicago fue utilizado para albergar la construcción del primer reactor nuclear del mundo, que entró en funcionamiento el 2 de diciembre de 1942.

Sin fuelle

La persona que viaja en coche a las montañas puede advertir fácilmente que su automóvil se va quedando sin fuelle poco a poco. Esto se debe a que los motores del freno sufren una pérdida de potencia de un 2% por cada 300 metros de altura.

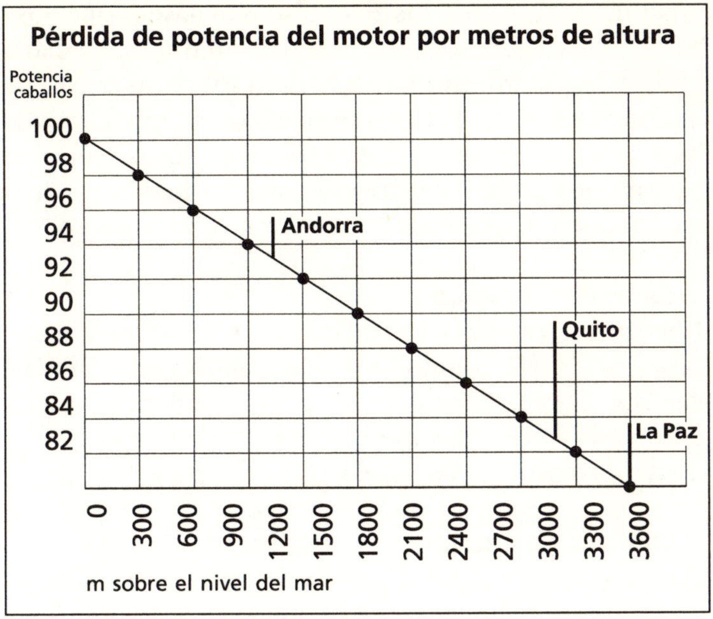

Pionero de cohetes

Hace más de un siglo que en Europa se conocen los cohetes. La primera persona en construirlos fue el inglés William Congreve a principios del siglo XIX. El hecho de que ya en el año 1805 un modelo de apenas tres kilos de peso pudiera volar durante dos kilómetros, interesó considerablemente a la milicia británica. De ahí que, poco tiempo después, los cohetes de Congreve se pusieran al servicio de los conflictos militares. En el bombardeo de Bolonia, el 8 de octubre de 1806, se hizo uso de ellos por primera vez.

Trabajo de pioneros

Aníbal nunca habría conseguido llegar a Italia atravesando los Alpes con sus elefantes de guerra –300 años antes de Cristo– si sus zapadores no hubieran tenido la posibilidad de retirar los gigantescos peñascos que obstruían el paso. Para ello no emplearon dinamita, claro está, sino que amontonaron madera sobre los peñascos inamovibles y después les prendieron fuego. Una vez hecho esto, vertieron vinagre sobre las rocas ardiendo para que los peñascos se fragmentaran, a su vez, en otros más pequeños, que podían ser retirados fácilmente.

Gran divertimento

Los japoneses pueden disfrutar de lo lindo en la noria más grande del mundo, que se encuentra en la ciudad de Yokohama. Cuando está completamente repleta, esta noria –que mide exactamente 100 metros de diámetro– transporta en sus 60 góndolas a 480 pasajeros.

Diminuta pequeñez

Con un microscopio-túnel *scaner* se obtiene una reproducción de imagen que supera los 100 millones de aumentos.

Conducir con electricidad

Actualmente hay un gran debate en torno a si el automóvil de motor de gasolina podrá ser sustituido alguna vez por el automóvil eléctrico. Si volvemos la vista atrás podremos comprobar que sí sería posible esta transición, ya que, a finales del siglo pasado, un tercio de los automóviles neoyorquinos funcionaban con motores eléctricos.

Estadio de fútbol

El estadio de fútbol más grande del mundo se encuentra en Río de Janeiro (Brasil). El propietario del estadio de Maracaná, que da cabida a 205.000 personas, no es otro que la propia ciudad de Río.

Billar

El primer plástico sintético se inventó como sustitutivo del marfil, pues éste era un material caro incluso antes de que fuera prioritaria la protección de las especies. Por esta razón, a mediados del siglo XIX, una empresa neoyorquina ofreció una recompensa de nada menos que 10.000 dólares a quien inventara un material que cumpliera todos los requisitos necesarios para la fabricación de bolas de billar. John Wesley Hyatt pudo hacerse con esta suma al presentar bolas de billar de celuloide.

Temperatura

La temperatura más alta conseguida por medios artificiales se origina mediante una bomba de hidrógeno y registra aproximadamente 300 millones de grados Celsius. Asimismo, la temperatura más baja se sitúa a 273,15 grados bajo cero. No pueden darse temperaturas inferiores porque a partir de este punto la molécula ya no puede moverse. Ésta es la razón por la cual nunca se alcanza el punto cero absoluto, aunque sí se ha conseguido una notable aproximación de hasta 0,000000002 grados en el laboratorio.

Vuelo a la Luna

El primer alunizaje de los astronautas estadounidenses en el año 1969 desató un comprensible entusiasmo. Aunque los responsables de las líneas aéreas de la Pan Am ignoraban qué iba a suceder en adelante, no tuvieron inconveniente en notificar que estaban dispuestos a aceptar reservas para los primeros vuelos comerciales a la Luna. ¡80.000 personas se inscribieron al instante!

Cuenta atrás

Cuando en alguna parte del mundo se lanza un cohete al espacio, siempre hay una persona que realiza la cuenta atrás de los últimos segundos desde el puesto de control, diciendo: «cinco, cuatro, tres, dos, uno, despegue». Sin embargo, los técnicos en cohetes no practican este ritual por razones logísticas. Es más, esta idea se le ocurrió en 1928 al cineasta alemán Fritz Lang para su película *La mujer en la Luna*.

Corte eléctrico

El gran apagón que se produjo en Nueva York el 13 de julio de 1977 sigue vivo aún en todas las memorias. Tuvo una duración de 52 minutos y causó daños por valor de unos 1.000 millones de dólares, además de múltiples disturbios. Con todo, éste no ha sido el mayor apagón que ha afectado a la Costa Este americana. El 9 de noviembre de 1965, alrededor de 30 millones de personas sufrieron nuevamente sus consecuencias. Muchos años antes, también en Nueva York, hubo un corte de suministro eléctrico que se prolongó durante más de 13 horas.

Sonría, por favor...

El hecho de que en las fotografías antiguas las personas raras veces aparezcan sonriendo, o que a menudo muestren una sonrisa forzada, se debe al tiempo de exposición a la luz. Hacia 1840, cada daguerrotipo exigía una pose de hasta 15 minutos, de modo que, con objeto de impedir que su modelo se moviera, los fotógrafos de antaño disponían de unos bastidores especiales pensados para que los modelos apoyaran la cabeza.

Coche barato

El Volkswagen *escarabajo* debía costar en un principio 8.000 pesetas, aunque en realidad jamás se llegó a vender por ese precio. El *escarabajo* se ganó infundadamente la fama de ser el coche más barato. Sin embargo, hasta finales de la Segunda Guerra Mundial, en Estados Unidos se estuvieron vendiendo unos automóviles llamados Kings-Mitges a razón de 100 dólares cada uno. Evidentemente, el precio hacía honor a que se había fabricado un único modelo.

Vida en Marte

Tras aterrizar en el planeta rojo, el *Vikingo*, como se llamaba a la sonda estadounidense de Marte, tenía la misión de buscar indicios de vida. No obstante, no halló el menor rastro de ella en nuestro planeta vecino.

No patentado

El invento de la cerilla le hubiera permitido al químico inglés John Walker hacerse un hombre rico, pero nunca quiso solicitar una patente, ya que su deseo era que su invento favoreciera sin reservas a toda la humanidad.

Volador musculoso

Cuando el 12 de junio de 1979 Bryan Allan ocupó el asiento del piloto de su avión *Albatros Gossamer*, tenía 26 años y gozaba de una preparación física excelente. Ésta era una condición indispensable para lograr su objetivo, puesto que el joven estadounidense, además de ser piloto, era el propio motor de su vuelo. Tuvo que pedalear con todas sus fuerzas durante dos horas y 49 minutos para mantener el impulso de la hélice de su aparato volante. Recorrió la distancia de 37 kilómetros que separa Inglaterra de Francia a través del Canal de la Mancha, con la sola propulsión de sus músculos. El artilugio tenía una envergadura de 30 metros, pero pesaba sólo 35 kilos, puesto que la mayor parte del mismo se había revestido con una película muy fina de apenas una centésima de milímetro. Con todo, este récord de vuelo fue superado ampliamente años después. En 1988, Kanellos Kanellopoulos recorrió 119 kilómetros entre las islas griegas de Creta y Santorini con el único recurso de la propulsión muscular.

Más luz

Durante la Segunda Guerra Mundial, la marina japonesa puso en práctica un truco muy peculiar para abastecer de luz a sus soldados en cualquier lugar y en todo momento. El truco consistía en poner cangrejos a secar, triturarlos y, a continuación, mezclar el polvo con agua en la palma de la mano. Esto producía un resplandor azulado y suficientemente luminoso para poder leer cartas, por ejemplo. Este resplandor resulta de la reacción de las enzimas.

Armas inhumanas

Los papas de la Edad Media pretendieron prohibir la ballesta por considerarla un arma inhumana, ya que su alcance, fuerza de perforación y precisión de tiro eran ciertamente asombrosos. Sin embargo, los señores profanos se pronunciaron con éxito en contra.

Duradero

Hoy en día, cualquier coche está en condiciones de conseguir un rendimiento superior a los 100.000 kilómetros, aunque el récord de un Mercedes-Benz 180 diesel fabricado en el año 1954 será difícilmente superable. Este vehículo podía recorrer en el transcurso de toda su vida de automóvil hasta 2.170.000 kilómetros.

Einstein

No es ninguna sorpresa que el genio de la física, Albert Einstein, fuera galardonado con el premio Nobel en 1921. Pero, ¿acaso alguien recuerda que no lo recibió por la célebre teoría de la relatividad –que habría de revolucionar toda la física posterior–, sino por un trabajo sobre el efecto fotoeléctrico cuya repercusión fue mucho menor?

Historia móvil

A lo largo de la historia, muy pocos edificios habrán sido utilizados para fines tan diversos como la Torre de Londres, que en la actualidad alberga las joyas de la corona británica. Y así es, efectivamente, ya que este edificio ha servido de palacio real, prisión, casa de la moneda y observatorio. Pero, en 1078, fecha en que se terminó de construir siguiendo el encargo de Guillermo el Conquistador, dio cobijo a un zoo.

La Gran Muralla

La obra arquitectónica más sorprendente del planeta es con toda probabilidad la Gran Muralla china, puesto que mide aproximadamente una vigésima parte del perímetro de la Tierra. Sus dimensiones son tales que el material empleado para su construcción sería suficiente para rodear el ecuador levantando un muro de nada menos que 2,5 metros de altura. Cabe también apuntar que se tardaron 1.700 años en construir la Gran Muralla. Muchos creen que esta monumental construcción tenía como fin mantener a los hunos alejados del norte de China, pero tal consideración es falsa, ya que los hunos podían escalar la Gran Muralla en cualquier momento y en cualquier situación recurriendo a unas simples escaleras. No obstante, lo que no podían lograr tan fácilmente era que sus caballos la saltaran y, evidentemente, sin sus animales de tiro no podían pretender conquistar realmente China.

Buena memoria

Una aleación llamada 55-Nitnol, compuesta de níquel y titanio, tiene la rara propiedad de «acordarse» de su forma. Si se somete esta aleación a altas temperaturas, puede adquirir una configuración arbitraria. Cuando se deforman sus contornos –después de haberse enfriado– y vuelve a calentarse, adopta nuevamente su forma original, como si «se acordara» de cada una de sus curvaturas y sus ángulos; gracias a esta propiedad, algunos ingenieros estadounidenses consideran la posibilidad de enviar objetos voluminosos al universo. Así, por ejemplo, si se «plegara» un radiotelescopio de varios kilómetros de diámetro y se lanzara al espacio, éste volvería a adoptar su forma original al calentarse con la luz solar.

El código Morse

¿Quién inventó el aparato Morse? Pese a la creencia habitual, no fue Samuel Morse, como él mismo quiso hacer creer, sino el físico Joseph Henry, y así quedó demostrado ante los tribunales. Morse inventó simplemente el código Morse.

Bajo vapor

Se suele considerar que James Watt fue el inventor de la máquina de vapor, pero lo cierto es que él tan sólo perfeccionó la máquina de Thomas Newcomen. Sin embargo, la modificación fue tan decisiva que las máquinas Newcomen –que se habían inventado en 1712– quedaron relegadas al pasado.

Energía solar

Se dice que, en el año 214 a. C., el matemático e inventor griego Arquímedes logró detener las tropas romanas quemando sus barcos –que habían atracado en el puerto de Siracusa– gracias a la energía solar. Supuestamente, Arquímedes habría colocado un gigantesco espejo cóncavo que concentraba los rayos solares y lo había dirigido hacia los barcos romanos, que al parecer tardaron poco en arder. No obstante, como el ingeniero griego Ioannis Sakkas desconfiaba de las crónicas, en 1973 decidió hacer una prueba ilustrativa. En lugar de un único espejo, como sin duda hiciera también Arquímedes, se valió de 70 espejos lisos de bronce cuyas medidas eran de un metro de alto por 1,5 metros de ancho, y, acto seguido, tomó posiciones con 70 marineros en la playa. Siguiendo las indicaciones de Sakka, éstos orientaron los espejos hacia el sol, de tal manera que un bote situado a unos 50 metros de distancia empezó a quemarse rápidamente. Arquímedes pudo haber empleado en vez de espejos de bronce los brillantes escudos pulidos de los soldados griegos, pero, en cualquier caso, no hay duda de que el experimento funciona.

Amoniacado

En el pasado, la orina hacía las veces de jabón para lavar la ropa. Esto tiene su razón de ser, ya que contiene amoníaco, una sustancia que hoy en día también se añade a los detergentes.

Rascacielos

Con una altura de 475,18 metros, la Torre Sears de Chicago es el edificio de oficinas más alto del mundo. La segunda torre más alta, el World Trade Center neoyorquino, mide sólo 415,33 metros. No obstante, la obra arquitectónica más alta del mundo es el poste de transmisión de Radio Varsovia, una construcción tubular de acero con retención metálica de 646,38 metros de altura.

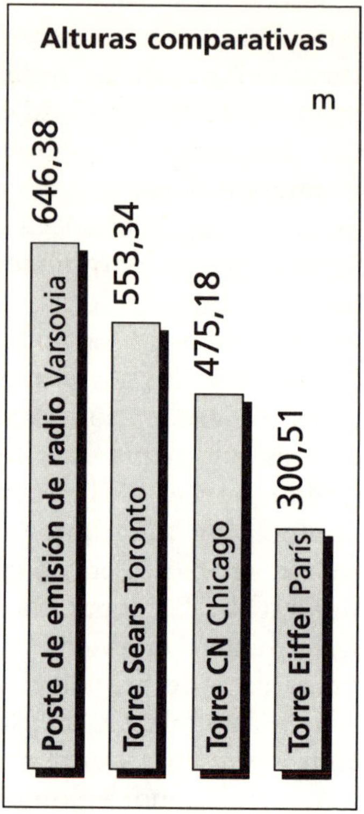

Electrorrécord

Pocas veces ha permanecido un récord tanto tiempo en manos de una persona como el que mantuvo Camille Jenatzky al alcanzar en 1899 con su electroautomóvil *Jamais Content* (Nunca Contento) los 105,88 km/h. Este récord no se superó hasta 1989 con una imitación del modelo original, que alcanzó los 108,82 km/h.

Velocidad de la luz

Desde hace más de 200 años sabemos que la luz recorre unos 300.000 kilómetros por segundo. No obstante, sólo recientemente se ha podido determinar la velocidad de la luz con un margen de error de 10 centímetros por segundo.

Fundir la nieve

Antaño, cuando llegaba la primavera, unos aviones lanzaban polvo de carbón sobre los interminables campos rusos con el objeto de fundir la nieve y poder disponer así de algo más de tiempo para preparar el suelo de labranza. En efecto, como la nieve ennegrecida absorbía más luz solar, se producía calor, que la hacía fundirse un poco antes.

Vehículo en la Luna

El primer vehículo que pisó la luna apenas tenía un caballo de potencia y, sin su conductor –el astronauta estadounidense David Scott–, pesaba únicamente 37 kilogramos. Ahora bien, dado que la Luna posee una sexta parte de la gravitación terrestre, podía conseguir –pese a su escasa cilindrada– una velocidad superior a la de un peatón, esto es 8 km/h.

Pirámide

Podemos asegurar que las pirámides de Egipto encierran algunos secretos. La cuestión más enigmática es cómo los hombres consiguieron apilar aquellas voluminosas piedras de una a 15 toneladas de peso –que configuran las imponentes obras arquitectónicas– 2.500 años antes del nacimiento de Cristo. Asimismo, nadie puede explicar de manera convincente por qué la gran pirámide –cuya base mide unos 230 metros– mide actualmente sólo 137 metros de altura. Todo parece indicar que originariamente medía 146,5 metros.

Miel

La miel que las abejas necesitan para alimentarse la emplean los hombres como edulcorante, aunque además tiene otras aplicaciones. La miel forma parte del relleno de las pelotas de golf y del contenido de muchos anticongelantes. ¿Qué pensarían las abejas al respecto?

Proceso de reducción

En 1949 se exhibía uno de los primeros ordenadores del mundo, el célebre ENIAC, que ocupaba tanto espacio como una manzana de edificios. A modo de comparación, baste decir que la potencia aritmética del ordenador ENIAC se obtiene en nuestros días con un pedacito de silicio de un solo milímetro cuadrado.

Calor

En un experimento de fusión realizado en la Universidad de Princeton se consiguió la increíble temperatura de 70 millones de grados Celsius, o sea, una temperatura muy superior a la del Sol.

Titanes del espacio

El cohete de mayor capacidad sigue siendo el ruso *Energia*. Realizó su primer vuelo en 1987 y puede admitir unas 100 toneladas de carga útil en un viaje por la órbita terrestre. Asimismo, el cohete estadounidense *Saturno V*, que se puso en servicio para un vuelo lunar, apenas consigue transportar unas 75 toneladas, aunque este último voló por primera vez en 1967.

Túneles

Durante mucho tiempo se consideró imposible construir un canal que uniese Inglaterra con el continente europeo, ya que las dimensiones que precisaría eran enormes (dos galerías de 49,94 kilómetros de largo por 7,6 metros de diámetro cada una). Desde el 30 de octubre de 1990, este enlace existe, y los primeros trenes atravesaron el canal en mayo de 1994. Sin embargo, casi nadie ha mencionado que el túnel del Canal de la Mancha no es ni mucho menos el más largo; el túnel de Seikan, que une las vecinas islas japonesas Hornsu y Hokkaido, tiene 53,85 kilómetros de longitud y, además, también es un genuino túnel de ferrocarril.

Flexible

La torre Eiffel no tiene siempre la misma altura. Dado que la mayoría de los materiales con los que está construida se dilatan con el calor y se contraen con el frío, su altura presenta una variación de hasta 15 centímetros. Asimismo, tampoco su vertical es tan estable como parece, ya que los golpes de viento provocan una desviación de hasta 12 centímetros.

Cada vez más rápido

Desde 1976, el capitán Eldon Joersz y el mayor George Morgan han adquirido fama de ser los hombres más rápidos en el interior de un avión caza, ya que han alcanzado una velocidad de 3.529,56 km/h con su Lockheed SR-71 A (también conocido con el nombre de *Blackbird*). Con todo, el mayor William Knight era mucho más rápido. A bordo de un X-15 A-2, no tuvo dificultades para alcanzar los 7.274 km/h. Esto equivale, según las estipulaciones que imperaban entonces, a 6,7 veces la velocidad del sonido. Cabe decir, sin embargo, que el X-15 no era propulsado por un turborreactor, sino por un motor cohete.

Poco previsores

Cuando, el 4 de octubre de 1957, la Unión Soviética lanzó un satélite a la órbita terrestre, el mundo occidental se quedó boquiabierto. Los estadounidenses intentaron quitarle importancia a los 83,6 kilos que pesaba el *Sputnik I* y subrayaron que estaban ultimando los detalles para enviar al espacio su propio satélite (de hecho, el 1 de febrero de 1958 despegaba el *Explorer*). No obstante, en aquel momento estaban mintiendo, aunque en realidad Estados Unidos hubiera podido enviar su satélite antes de que despegara el *Sputnik*. El 20 de septiembre de 1957, el ejército de Estados Unidos lanzaba un cohete desde Cabo Cañaveral que habría conseguido la velocidad necesaria para entrar en órbita de no haber sido por el Pentágono, que permitió que la última naveta volara sin depósito de combustible. Sólo le faltó el último empujón.

La imprenta más antigua

El invento de la imprenta a cargo de Johannes Gutenberg en el siglo XV se contempla como el inicio de una nueva era. De hecho, mucho tiempo atrás, los chinos, los coreanos y los tibetanos utilizaban ya los caracteres movibles.

Batería de ultratumba

En el transcurso de unas excavaciones en Irán, de las que en la actualidad se cumplen casi 60 años, el sabio rey Guillermo de Austria encontró un objeto que sólo admite una asombrosa explicación. Si bien el hallazgo data de unos 250 años a. C., parece ser una batería. En cualquier caso, el objeto de terracota, cobre y una aleación de estaño y plomo produce una corriente de hasta cinco voltios. Para ponerlo en funcionamiento, debe añadirse un ácido, como zumo de limón o vinagre, tal como se pudo comprobar tras realizar varios experimentos con imitaciones.

La curvatura de la Tierra

Que el puente del estuario del Humber de Inglaterra sea, con 1.410 metros de longitud, el puente de mayor envergadura de todo el mundo, es ya suficientemente sorprendente. Pero todavía lo es más que los dos pilares de 162,5 metros de altura no sean del todo verticales, sino que tengan una desviación de unos 36 milímetros para ajustarse así adecuadamente a la curvatura de la Tierra.

Vuelo lunar

Julio Verne es mundialmente famoso como autor de libros de aventuras. Sin embargo, pocos saben que con ellos estaba dando prueba de sus facultades visionarias. Así, la astronave de su novela, llamada *Nautilus*, despegaba de la costa de Florida rumbo al espacio, de la misma forma que años más tarde habrían de hacerlo en la realidad las naves de la NASA. El tiempo de vuelo de su nave espacial quedaba registrado en 73 horas y 13 minutos y, curiosamente, el *Apolo XI* llegaba a la Luna en 73 horas y 10 minutos.

Corte de pelo

Un aparato para cortar ideado en el National Laboratory Livermore de California tiene la capacidad de fraccionar un cabello hasta 3.000 veces.

Volador temerario

Charles Lindbergh se hizo mundialmente famoso cuando atravesó el Atlántico en avioneta el 20 de mayo de 1927. No obstante, él no fue el único que voló sobre el Atlántico, aunque sí el primero en llevar a cabo esta hazaña en solitario. Así, antes que Lindbergh, otras 79 personas habían sobrevolado este gran desierto de agua. John William Alcock y Arthur Brown realizaron en 1919 la primera travesía de América a Europa. En dirección opuesta, los pioneros fueron Hermann Köhl y Günther von Hünefeld, quienes volaron en 1928. Con todo, sus logros fueron ciertamente modestos si se comparan con la gran proeza que realizaron Dick Rutan y Leana Yeager en 1986: dieron la vuelta al mundo sin repostar ni una sola vez.

¿Más o menos?

Benjamin Franklin fue el primero en darse cuenta de que, tratándose de electricidad, existe un exceso o un déficit de energía en las cargas eléctricas. Lo cierto es que no encontró razón alguna para especificar qué lugar habría de ocupar cada una de ellas, de manera que no vio otra solución que determinar a su libre albedrío dónde debía situarse el polo positivo y dónde el polo negativo. Las posibilidades de que tuviera razón eran del 50 %, pero Franklin se equivocó. De ahí que actualmente los planos eléctricos señalen el paso de la corriente en dirección errónea, aunque en la práctica esto no tenga repercusión alguna.

Cosa de niños

La mayor dificultad con la que se encontraron los constructores del puente colgante de las cataratas del Niágara fue pasar la cantidad de cable necesaria por encima del agua. Después de mucho pensar, se les ocurrió una idea. Prometieron una recompensa de cinco dólares al muchacho que consiguiera hacer llegar su cometa desde el lado estadounidense al lado canadiense. No faltaron competidores y, efectivamente, un muchacho lo logró. A continuación, los constructores del puente tendieron un hilo muy grueso sobre el agua y progresivamente otros más gruesos, hasta que por último le llegó el turno a un cable de acero.

SOBERANOS Y POLÍTICOS

Cuando la familia Eisenhower dio a conocer la feliz noticia del nacimiento de su hijo Dwight D., habría podido imaginarse casi cualquier porvenir para su primogénito, pero nunca el futuro profesional que efectivamente eligió. Todos sabemos que Dwight D. fue soldado de profesión y oficial de las fuerzas armadas durante la Segunda Guerra Mundial. Asimismo, por sus extraordinarios méritos militares, fue el primer general estadounidense condecorado con las cinco estrellas y también presidente. Sin embargo, pese al enorme éxito de su hijo, los padres no se sentían muy felices dado que eran pacifistas y, por sus convicciones, reprobaban el uso de las armas.

El camino que lleva a ser soberano o gobernante no es siempre rectilíneo y raramente es predecible. Por otra parte, quienes llegan al poder a veces actúan de un modo que resulta enigmático para quienes les rodean. La conducta de emperadores, reyes, jefes de Estado, generales o políticos pocas veces se puede medir con la vara rasa común.

El rey francés Luis XIV es un brillante ejemplo al respecto, ya que mandó construir el palacio de Versalles haciendo caso omiso del presupuesto nacional, que se vio reducido en 120 millones de libras. En principio, el palacio debía costar «sólo» cinco millones de libras anuales, pero con el tiempo éstos pasaron a ser 25 millones anuales. Parte de culpa la tuvo el propio Luis XIV por no tener paciencia: ordenó plantar en un año 25.000 árboles adultos, porque no quería esperar a que crecieran los esquejes.

La falta de consideración de los poderosos para con el pueblo era un hecho habitual en épocas anteriores. Con todo, hubo algunos que se preocuparon seriamente por el bienestar de sus súbditos. Entre éstos cabe citar al rey inglés Jaime I, quien a comienzos del siglo XVI intentó proteger a su pueblo contra los efectos nocivos del tabaco. Llegó a escribir un panfleto oponiéndose al consumo del tabaco e incluso intentó limitarlo mediante preceptos. Todo fue en vano y los fumadores hicieron prevalecer su voluntad.

Asimismo, siempre ha habido soberanos que han tenido poco que ver con el pueblo, como el rey Jorge I, que ocupó el trono del reino de Inglaterra durante 13 años, en el siglo XVIII. Dada su procedencia alemana, ni hablaba ni escribía inglés. Como fue coronado a los 54 años, tampoco mostró el más mínimo interés por disimular esta carencia.

Sabremos más sobre las peculiaridades y las preferencias de soberanos y políticos en las próximas páginas.

Socorrista

El zar Pedro el Grande murió por ser demasiado caritativo. En el transcurso de un viaje por mar, avistó de repente un barco que naufragaba, de modo que saltó al agua para prestar ayuda. A consecuencia de ello, cogió un enfriamiento y falleció pocas semanas después.

Amantes de las artes

Es sabido que el rey prusiano Federico el Grande tocaba la flauta magníficamente, que el emperador romano Nerón cantaba y que el Rey Sol, Luis XIV, hacía ballet, al menos mientras se lo permitió su corpulencia. Así y todo, participó en 30 ballets.

Rey por un día

En la antigua Babilonia era costumbre convertir a un súbdito en rey para festejar el día de año nuevo; una vez concluido este corto período de gobierno, el «rey por un día» era sacrificado a los dioses. Así había rezado la tradición años y años. Sin embargo, cuando el jardinero del rey asumió el compromiso de ser «rey por un día», cambió el curso normal de la costumbre. Durante la fiesta de año nuevo, el verdadero rey murió y su jardinero le sucedió en el trono. Según se cuenta, reinó 24 años y durante la etapa de su gobierno Babilonia vivió una época floreciente.

Esclavos

También los esclavos han hecho tambalear los imperios del mundo. El gladiador romano Espartaco acaudilló una revuelta de esclavos que iba a permitirle extender su autoridad sobre casi todo el sur de Italia. Sus tropas de esclavos llegaron a contar con más de 90.000 hombres.

Por muchos años...

La dinastía de emperadores japonesa debe de ser sin duda la que ha permanecido de forma ininterrumpida más tiempo en el poder, ya que, desde el siglo VI, el trono japonés viene recayendo en los miembros de la misma dinastía. En la actualidad, el emperador Tenno es el número 125 de esta larga lista.

Asimismo, el faraón egipcio Pepi II debe adjudicarse la etapa más larga de gobierno. Cuando se hizo cargo del trono, en el año 2272 a. C., era todavía un niño y murió –sin abandonar su bastón de mando– en el año 2182 a. C., de modo que culminó nada menos que 90 años de mandato.

Por su parte, Musoma Kanijo fue jefe de su tribu en Tanzania durante 98 años.

Tanto Shapur II –que gobernó Persia desde el año 309 hasta el 379 d. C.– como el Rey Sol, Luis XIV –que reinó desde 1643 hasta 1715– consiguieron permanecer más de 70 años en el trono; Francisco José I, el emperador de los Habsburgo, se mantuvo 68 años en ejercicio (de 1848 a 1916). Por su parte, la reina Victoria de Inglaterra esgrimió el cetro de su gobierno durante 64 años (de 1837 a 1901).

Con todo, el mandatario más longevo fue el emperador japonés Higashikuni; y pese a cumplir 102 años de edad, apenas gobernó durante dos meses. No obstante, la regencia del príncipe de la corona Luis Felipe

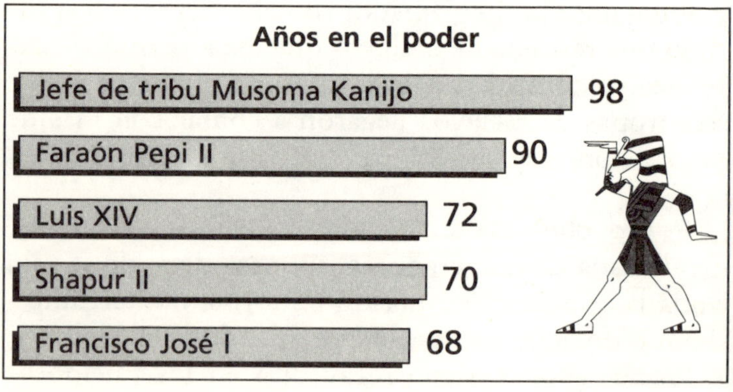

de Portugal resultó ser todavía más corta. El día 1 de febrero de 1908, en Lisboa, su padre fue alcanzado por una bala a consecuencia de un atentado; el príncipe de la corona también resultó herido en el mismo atentado y murió 20 minutos después que su padre. Según las leyes de sucesión del trono, durante esos 20 minutos en los que sobrevivió a su regio padre, Luis Felipe fue rey de Portugal e incluso tuvo un nombre real: Dom Luis III.

Parlamentos

El parlamento de la isla de Man, el Tynwald, debió de instaurarse hace más de 1.000 años. Pero el primer parlamento se había constituido ya unos 2.800 años a. C., en Mesopotamia.

Una extraña

En 1191 Ricardo Corazón de León se casó con Berengaria y dio a Inglaterra una reina. Con todo, el hecho de tener una soberana significó bien poco para los ingleses, mejor dicho, nada; Berengaria no vivió en Inglaterra y ni siquiera visitó el país una vez.

Formación

Antaño, sólo en muy raras ocasiones los soberanos poseían una formación adecuada, ya que fundamentalmente esta labor era competencia del clero. Tanto es así que el emperador franco Carlos el Grande (hasta el año 814) ni siquiera sabía escribir, aunque voluntad no le faltaba. A pesar de practicar todos los días, no conseguía dominar la pluma, aunque sí sabía leer, lo que no habría podido decir la mayoría de las testas coronadas de su tiempo.

Por otra parte, son pocos los soberanos que han

hecho aportaciones a la ciencia, y esto vale también para los siglos posteriores, en los que al menos leer y escribir se consideraban parte de las tareas de un hombre de gobierno. No obstante, es bien sabido que el duque de Toscana, Fernando II, desarrolló el primer termómetro cerrado herméticamente.

Raras costumbres

Se cuenta del sha de Persia que, en ocasión de su visita a Londres en 1889, intentó comprar el margraviato de Londonderry. Como viera malograda su pretensión, en el transcurso de una recepción quiso cuanto menos convencer al príncipe de Gales de que hiciera decapitar a las damas presentes (a las que tomó, evidentemente, por esposas del príncipe) y escogiera otras más hermosas.

Caballo celeste

Es un hecho sobradamente conocido que el emperador romano Calígula nombró cónsul y corregente a su caballo *Incitatus*. Como el sucesor de Calígula–Claudio– no estaba muy seguro de lo que se escondía detrás de aquel nombramiento, no se atrevió a enviar a *Incitatus* a una caballeriza normal, sino que, desde entonces, mandó que ocupara un pesebre de marfil y que le sirvieran en una copa de oro.

Rentable inversión

La casa real española invirtió en el viaje que llevaría a Colón hasta América unos 17,4 millones de pesetas, esto es, tanto dinero como gastaba la reina Isabel en uno solo de sus banquetes. A lo largo de los siglos siguientes, aquellos viajes produjeron unas rentas de 5.220 millones de pesetas aproximadamente.

Números secretos

El primer rey sueco que llevó el nombre de Carlos fue Carlos VII. Carlos I, II, III, IV, V y VI no existieron nunca y no se sabe en absoluto el porqué.

Amusical

En España gobernó un rey de 1886 a 1931 que tenía una extraña relación con el himno nacional. Aunque lo había oído en innumerables ocasiones, al rey Alfonso XIII le resultaba imposible reconocerlo. Este hecho habría pasado desapercibido de no ser porque su propia esposa se dignó a pedirle que tuviera el decoro de levantarse al escuchar el himno. De modo que a Alfonso no le quedó más remedio que tomar a su servicio a un hombre que debía permanecer constantemente a su lado para indicarle en qué momento sonaban las notas del himno nacional.

Idiotas

La palabra griega de la que procede «idiota» significa «privado» e indica que el gobierno no es tarea de unos pocos. Los griegos de la antigüedad no podían entender que hubiese quien no se inmiscuyera en los asuntos generales, de manera que aplicaban este calificativo a quienes se preocupaban exclusivamente de sus propios asuntos. Los griegos daban por supuesto que todos debían preocuparse por el bienestar común, y, por lo tanto, aquellos que no lo hacían eran, efectivamente, «idiotas».

El primer judío

En la época del Tercer Reich, cuando Alemania ocupó Dinamarca, Hitler ordenó que se aislara a los judíos así como se había hecho en el resto del imperio. Como todos sabemos, para ello dispuso que todos los judíos llevaran una estrella de David en sus ropas. Sin embargo, en esta ocasión, el plan no funcionó porque, a las pocas horas, todos los ciudadanos daneses, sin importar cuál fuera su religión, salieron a la calle con una estrella de David. El rey danés Christian X se puso a la cabeza de sus súbditos y manifestó que él era el primer judío de su país.

Sin atributos femeninos

Hatschepsut fue la primera mujer faraón de Egipto; sin embargo, este hecho debió de contrariarla especialmente, pues en las pinturas aparece siempre sin sus atributos femeninos, es decir, sin busto; además, siempre exhibía atuendos masculinos.

Curso de ahorro

Felipe el Hermoso impuso severas costumbres en la Francia del siglo XIV. Así, las mujeres solteras –a menos que fueran herederas de un castillo– debían poseer un solo vestido. Ni siquiera los duques, los barones o los condes y sus respectivas esposas podían disponer de más de cuatro trajes. En el precepto correspondiente, se incluyeron las más variadas prendas, pero se olvidaron ni más ni menos que de los zapatos. De ahí que, repentinamente, la moda se concentrara en los zapatos. Entre éstos había curiosos modelos con punteras extremadamente largas, sobre todo si eran para los nobles, en cuyo caso ésta podía superar incluso el medio metro. Cabe decir que, para andar, tales zapatos no debían de ser demasiado prácticos.

Cara rasurada

En épocas muy anteriores al nacimiento de Cristo, se consideraba que la barba era un rasgo de masculinidad, quizá porque resultaba más cómodo dejarla crecer que afeitarla. En cualquier caso, el uso de la barba se mantuvo hasta Alejandro Magno, ya que fue precisamente él quien introdujo la moda de la cara rasurada. Los detractores de Alejandro se burlaron argumentando que había hecho aquello porque tenía una barba poco abundante. Lo cierto es que, un siglo más tarde, los romanos también se afeitaban. Por el contrario, en Oriente se abandonaría la costumbre.

Apasionado por la técnica

Los soberanos de su tiempo consideraban que el zar Nicolás II era un hombre de espíritu avanzado y con gran visión de futuro. Él confiaba en las posibilidades de la técnica, de ahí que proyectara la construcción de un puente sobre el estrecho de Bering que uniera Estados Unidos y Rusia. Los proyectos que ideó ponían además de relieve que deseaba para los suyos lo que nunca antes había estado en el sentir de los poderosos. Prueba de ello es su deseo de que toda Rusia dispusiera de tendido eléctrico.

Dictadores

En la actualidad, el concepto «dictador» tiene connotaciones negativas. Sin embargo, en sus orígenes, este cargo debía desempeñar una función bien distinta a la que más tarde le otorgaría la historia. La figura del dictador fue ideada por los romanos en reconocimiento a alguien que hubiese actuado con rapidez en un caso de urgencia. Así, el elegido debía ostentar el mando supremo por un corto período de tiempo, no superior a seis meses, y a continuación entregarlo. No es preciso decir que la persona que había asumido este papel ostentaba todo el poder, su palabra era la ley –por así decirlo– y lo que decía tenía que cumplirse. «Dictador» en latín significa tanto como «yo he dicho».

Coronación tardía

El gobierno del zar Pedro III duró sólo seis meses, ya que tras este período fue asesinado por un grupo de conspiradores que actuaron bajo la influencia de su esposa Catalina. El desafortunado ni siquiera tuvo la oportunidad de ser coronado oficialmente. Pero la carrera de Pedro III no acabó ahí, después de todo. A los 35 años de la muerte del monarca, decidieron coronarle. Esto hay que interpretarlo al pie de la letra, dado que para la ceremonia se abrió su féretro.

Bienhechor

Cuando, en torno al año 600 a. C., Solón llegó a ser legislador de Atenas, lo primero que hizo fue perdonar todas las deudas de sus ciudadanos y prohibir que los deudores fueran convertidos en siervos. Asimismo, ordenó que se dejase en libertad a todos los esclavos e incluso mandó comprar la libertad de aquellos que se habían vendido fuera de Atenas.

Un emperador cruel

Por las mañanas, entre 1368 y 1398, los funcionarios gubernamentales se afanaban en despedirse de sus familias como si nunca más fueran a volver a verlas. Y así era, ciertamente. Muchos corrieron una desgraciada suerte, dado que el emperador de entonces mandó ejecutar a un increíble número de personas.

Amor paterno

El hijo del dictador ruso Stalin fue apresado por los alemanes durante la Segunda Guerra Mundial. Éstos le propusieron incluir a su hijo Jakob en un programa de intercambio de presos, pero Stalin se mostró completamente indiferente y declinó la oferta, de modo que Jakob murió posteriormente en la prisión.

Multitalento

Giuseppe Garibaldi fue un célebre revolucionario. Sin embargo, siempre que no estaba enredado en una guerra revolucionaria, ejercía sus diversos oficios civiles. En Uruguay, por ejemplo, vendía espaguetis y en Nueva York hizo velas.

Rechazo

Cabe la posibilidad de que los ingleses perdieran sus colonias en América por negarse a ofrecer un despacho de oficial al coronel de la milicia de Virginia. El hombre se quedó muy decepcionado y se sintió ofendido por ello, de manera que, acto seguido, abandonó la carrera militar para convertirse en colono. Algún tiempo después, pasó a capitanear el movimiento de independencia en la lucha contra los británicos. Su nombre: George Washington, el primer presidente de los Estados Unidos de América.

Celos

El zar de Rusia Pedro el Grande tuvo una forma muy particular de manifestar sus celos, ya que mandó decapitar al amante de su esposa y pidió que su cabeza fuera conservada en un recipiente de vidrio lleno de alcohol. A la hora del postre, él personalmente se encargó de servirle a su esposa el recipiente con el macabro contenido.

El adulterio podía ser objeto de otros castigos igualmente drásticos, como el que experimentó la mujer del que sería el rey de Inglaterra, Jorge I. Cuando su consorte fue coronado, nadie la aclamó como reina, sino que fue encarcelada durante un período de 32 años. Con todo, a Jorge I no se le veía especialmente afligido, ya que acudió a la ceremonia de la coronación en compañía de dos favoritas.

Variedad

Se cuenta que Jahangir –el gran mongol indio que gobernó de 1605 a 1627– llegó a tener un harén con más de 300 esposas, así como un tropel de 5.000 muchachas y 1.000 muchachos a los que también mantenía para su esparcimiento personal.

Espionaje industrial

El emperador romano Justiniano tenía mucho interés en descubrir el secreto de la fabricación de la seda. Como los chinos querían conservar el sustancioso monopolio, la exportación de gusanos de seda se castigaba en China con la pena de muerte. Justiniano sobornó a unos monjes persas para que viajaran a China y le trajeran gusanos de seda ocultos en el interior de cánulas de bambú. Por eso desde el año 550 d. C. se fabrica seda en Europa.

La pura verdad

Richard Nixon, el presidente norteamericano en la época en que el hombre llegó a la Luna y el mismo que posteriormente fue relegado de su cargo de forma deshonrosa a causa del escándalo Watergate, dijo: «Este gobierno ha demostrado ser incapaz de acabar con la corrupción, que no ha dejado de carcomerlo en todo momento. Y ha demostrado no estar en condiciones de restituir la confianza y el ánimo al pueblo en lo que concierne a la moral y a la autenticidad de los funcionarios de su gobierno».

Ciertamente, las palabras de Nixon no aludían a su propia administración, sino al gobierno de Truman del año 1951.

Lazos de sangre

En Estados Unidos gobernó un presidente que estaba emparentado con 11 presidentes a la vez. Se trataba de Franklin Delano Roosevelt. Las relaciones de parentesco con seis de ellos eran fruto de matrimonios y con los otros cinco lo eran de lazos de sangre. Roosevelt fue además el único presidente estadounidense que gobernó durante cuatro magistraturas.

Pseudónimo

Vladimir Ilich Uliánov utilizó en su vida más de 150 seudónimos. No obstante, el mundo entero iba a conocerle sólo por uno: Lenin.

Quisquilloso

Durante unos años, los caballos no pudieron llevar en Alemania el nombre de Adolfo, a saber, cuando gobernó Hitler.

Dirigente femenina

Isabel Perón fue la primera mujer presidente del mundo, ya que tras la muerte de su marido (el 1 de julio de 1974), le sucedió en el cargo. No obstante, en marzo de 1976 fue depuesta por un golpe de Estado pacífico. Por otra parte, la primera dirigente gubernamental elegida en democracia es de procedencia islandesa y se llama Vigddis Finnbogadottir.

Mes honorífico

Si el emperador Augusto no hubiera existido, posiblemente tampoco en la actualidad el mes de febrero tendría cada cierto tiempo 29 días. En el año 8 a. C., el emperador decidió que el mes Sextilis llevara su nombre, el de Augusto, en su honor. Evidentemente, en ningún caso agosto debía poseer menos días que julio, su vecino en el calendario, así que por real decreto se le sustrajo un día a febrero para agregárselo a agosto.

DEPORTE, TIEMPO LIBRE Y AVENTURAS

El 3 de agosto de 1897, el estadounidense George Matthew Schilling se enfundó sus botas de excursionista y se puso en camino para no regresar a casa hasta transcurridos siete años, después de haber dado la vuelta al mundo a pie. Pero Schilling no fue el único en emprender esta vehemente marcha; el argentino Tomás Pereira y el estadounidense Steven Newman le secundaron también.

Estos méritos dignos de admiración invitan a plantear una pregunta: ¿Por qué?

¿Por qué las personas sacrifican una parte de su vida intentando realizar una empresa extraordinaria o una aventura que resulte un desafío para sí mismos y para su propio destino?

Hay razones para todos los gustos. Los deportistas se afanan por ser más rápidos que los demás, por manejar con más habilidad la pelota y por rizar más el rizo. Los alpinistas arriesgan todo por lograr el más alto objetivo que se hayan propuesto. Algunos, como el sudtirolés Reinhold Messner, ascienden incluso a las cumbres más altas de la Tierra, a sabiendas del peligro de fracasar en las alturas, por carecer del oxígeno suficiente.

Los pilotos de ala delta, como el canadiense John Bird, saltan con sus frágiles artilugios aéreos a casi

12.000 metros de altura para darle más emoción a la aventura. Pero ¿por qué?

Una de las respuestas más sencillas y también más concluyentes es la siguiente: porque nunca se sabe lo que va a pasar. Antes de un partido de fútbol, nadie puede estar seguro de quién va a ganar, como nadie sabe tampoco si se podrá llegar a pie al Polo Norte. De modo que la sensación de incertidumbre desempeña un importante papel tanto en el deporte como en las expediciones aventureras.

A esto hay que añadir el deseo de sondear los propios límites de cada uno. ¿Podría yo realizar 340 flexiones de brazos seguidas, colgado de una barra de gimnasia, y destronar así al coreano Yong, que está en posesión del récord mundial? Por otra parte, aunque los médicos lo consideran del todo imposible, ¿acaso alguien podría volver a correr como Glenn Cunningham, quien, contra todos los pronósticos de su tiempo, consiguió varios récords mundiales en carreras de fondo? Ciertamente, el instinto de juego también es decisivo. Allí donde haya un grupo de hombres y aparezca de pronto una pelota, se podrá ver que los hombres juegan con ella, poco importa que se trate de niños o de adultos, porque el instinto de juego no tiene freno.

Pero ¿es sólo esto lo que se esconde detrás del deporte y de la aventura? Probablemente no se puedan comprender ni explicar todos sus matices; con todo, este tipo de actividad fascina también porque no lleva implícita ninguna motivación intelectual. En cualquier caso, el deporte, el juego y la aventura son cosas muy humanas. Por esta razón poseen caras muy sorprendentes, muy curiosas, muy diversas y a veces también muy extrañas; en estos ámbitos, ni siquiera la poca fortuna queda excluida. Es más, los personajes trágicos son a menudo quienes calan más profundamente en los demás. Un ejemplo al respecto es el del ciclista Raymond Poulidor que, pese a sus cualidades extraordinarias, nunca pudo ganar el Tour de Francia, la carrera ciclista de mayor prestigio en todo el mundo. Su compatriota Jacques Anquetil le sacó ventaja en cinco ocasiones, atravesando en cabeza la línea de meta en París. Los motivos que le costaron la victoria siempre fueron insignificantes, ridículos y ajenos a él, como por ejemplo el reventón de una cámara, una avería en el cambio de marchas o recibir informaciones equivocadas de su entrenador. Pero, aun así, los franceses sentían más aprecio por este hombre –que nunca llegaba a ganar– que por su brillante adversario e incluso sufrían con Poupou, como ellos le llamaban.

Recordman

El finlandés Paavo Nurmi poseyó el mejor tiempo como corredor de fondo entre 1920 y 1932. No obstante, se le sigue considerando un atleta prodigioso, ya que tiene en su haber 20 récords del mundo y ha ganado nueve medallas de oro en los Juegos Olímpicos. Se ignora si en el atletismo se volverá a dar un fenómeno tan excepcional.

A toda velocidad

En Estados Unidos, los corredores automovilísticos tienen fama de alcanzar desmesuradas velocidades en las curvas, ya que su cometido es lograr velocidades máximas espectaculares para atraer así a mayor número de espectadores. El más rápido en esta categoría es Bush Clash, quien en Daytona (Florida) obtuvo un promedio de carrera de 318,32 km/h con un Ford, en el año 1987. No obstante, en 1979, un Mercedes C 111 Turbo fue considerablemente más rápido en una carrera de velocidad celebrada en Nardo (Italia) al alcanzar un promedio de velocidad de 403,87 km/h, si bien esto ocurría fuera de competición.

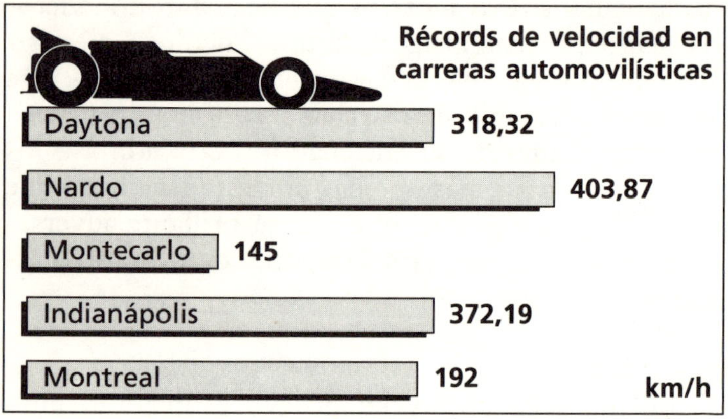

En el tejado del mundo

El sudtirolés Reinhold Messner es el primer hombre que ha conquistado la cima de todas las montañas del planeta superiores a 8.000 metros de altura sin haber recurrido a las botellas de oxígeno. En total, hay que contar 14 cimas.

Comedido

Cuando la estrella de béisbol Ted Williams dejó tras de sí una mala temporada en 1959, su club le ofreció –a pesar de todo– un nuevo contrato para los tres años siguientes en las mismas condiciones. Williams lo rechazó y suscribió otro en el que sus ingresos contractuales quedaban reducidos en un 28 %. Pensaba que su club siempre le había tratado bien, así que quería tratar igualmente bien a su club.

Descenso

Ningún hombre ha descendido a tantos metros de profundidad como Jacques Piccard y Donald Walsh, quienes –en 1960– lograron hundirse con un batiscafo llamado *Trieste* a 10.916 metros por debajo del nivel del mar.

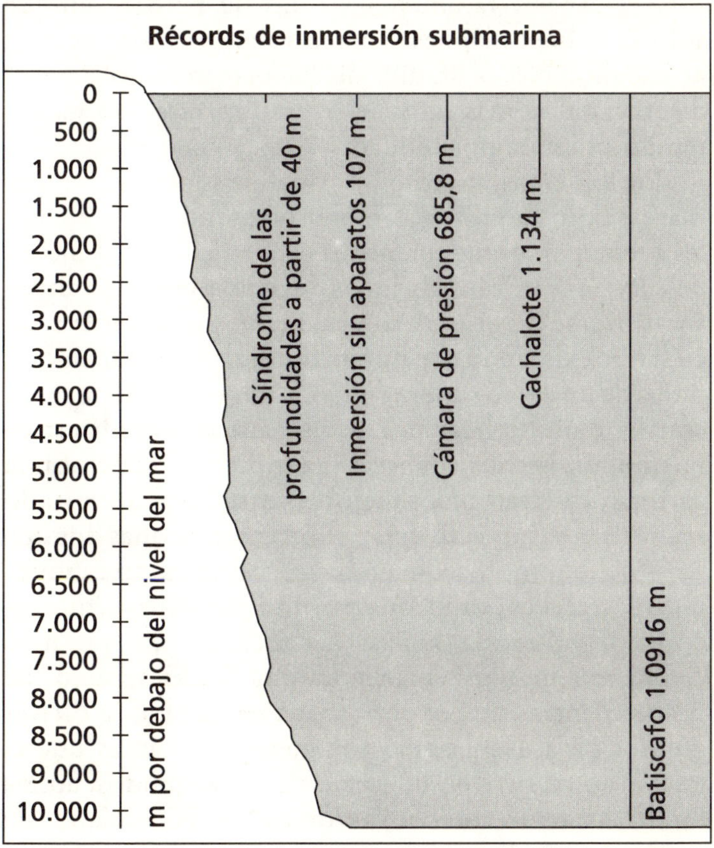

A su vez, en 1989, la italiana Angela Bandini conseguía sumergirse sin medios técnicos de ninguna clase a 107 metros de profundidad.

Bestial

¿Quién es más rápido, un caballo o un hombre? El velocista Jesse Owens, vencedor de los Juegos Olímpicos de 1936, quiso contestar a esta pregunta y venció a un caballo en una distancia de 90 metros. Un año más tarde, en una carrera de 100 metros con vallas, el caballo también llevó las de perder, aunque sólo se habían dispuesto cinco vallas para dar ventaja al caballo. No obstante, de haberse tratado de una distancia algo más larga, este gran *sprinter* no habría tenido ninguna posibilidad.

Por lo demás, no sólo los caballos superan las plusmarcas de los hombres, también otros muchos animales les aventajan sobradamente. Así, por ejemplo, el antílope cervicabra ejecuta brincos de ocho metros de altura sin moverse de sitio. A su vez, si consideramos la relación que existe entre su potencia de salto y su tamaño, la pulga de un perro supera dicha altura con facilidad, pues consigue multiplicar por 100 su altura; para hacer lo mismo, un hombre debería saltar la torre Eiffel. En la carrera de maratón, los mejores corredores del mundo realizaban el trayecto de 42 kilómetros en unas dos horas y ocho minutos. Sin embargo, este tiempo es superado con creces por un onagro, un équido persa, que recorre al galope la misma distancia en 42 minutos. Asimismo, un gorila macho levanta 890 kilogramos de peso, mientras que el pez espada necesita sólo 6,3 segundos para desplazarse 100 metros, distancia que el guepardo recorre en un *sprint* de 3,2 segundos, acelerando casi tanto como un automóvil de Fórmula 1.

En la tabla siguiente, encontrará los mejores tiempos de otros animales.

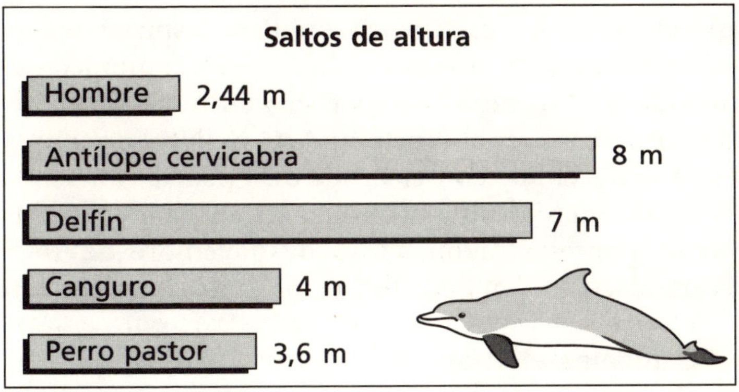

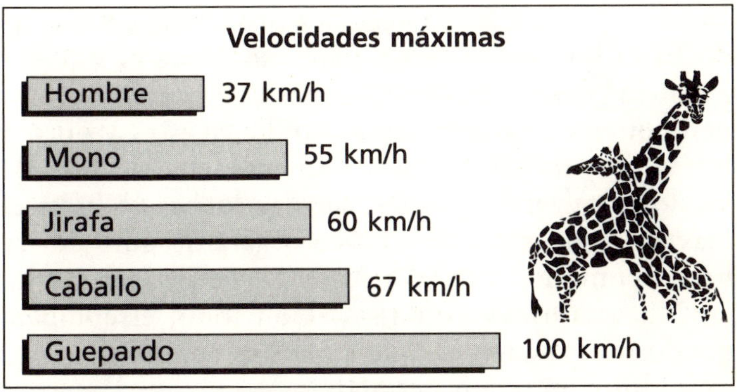

Locos por el vuelo

En 1980, el estadounidense John McClain estuvo volando cuatro horas y nueve minutos con su avión invertido y cabeza abajo. Ese mismo año otro estadounidense, Steven Powell, realizaba 2.315 bucles consecutivos.

Maniobra engañosa

Si no hubiera recurrido a una treta, el investigador Roald Amundsen no habría llegado al Polo Sur antes que el capitán inglés Robert Scott. Para despistar de forma infalible a los británicos, Amundsen comunicó –al abandonar Noruega con su barco en junio de 1910– que quería volver al Norte, al Ártico. Pero, orientó la proa hacia el Sur con el fin de dirigirse al Antártico. Scott se enteró de esta maniobra engañosa mucho más tarde; por esta razón, el 14 de diciembre de 1911 Amundsen llegó al Polo Sur, 34 días antes que Scott.

Combates eternos

En la actualidad, los combates del campeonato mundial de boxeo profesional nunca superan los 15 asaltos, aunque en el siglo pasado era muy distinto. En aquella época, la lucha llegaba a prolongarse a menudo hasta los 100 asaltos y los boxeadores ni siquiera llevaban guantes. El combate más largo del que se tienen noticias tuvo lugar en Australia en 1855 y duró 6 horas y 15 minutos. Posteriormente, cuando los boxeadores calzaron guantes, seguían luchando hasta el más amargo final, aunque éste llegara después de 7,5 horas, como les ocurrió a Andy Bowen y Jack Burke en Nueva Orleans, en 1893. Con todo, el combate quedó sin ganador porque ambos estaban demasiado cansados para seguir peleando.

Peso pesado

Se mire por donde se mire, no hay duda de que Vasili Alekséyev era un hombre muy pesado, pero la notoria corpulencia del gigante ruso quedaba superada ampliamente por sus proezas. En su carrera como levantador de peso consiguió un total de 80 récords del mundo. En los años setenta de este siglo, nadie pudo competir en fuerza con Alekséyev.

Golpe de ingenio

En 1939, el italiano Tazio Nuvolari, famoso corredor automovilístico, no tenía ninguna posibilidad de ganar la carrera de las Mil Millas. Achille Varzi iba delante de su Alfa Romeo con un Maserati mucho más potente. Al llegar la noche, Nuvolari alargó las distancias hasta desaparecer del espejo retrovisor de Varzi; acto seguido, apagó los faros y se lanzó al contraataque. Entretanto, Varzi estaba seguro de llevar una gran ventaja sobre su adversario porque ya no lo veía, así que, para su mayor seguridad, decidió disminuir la marcha. De repente, poco antes de la meta, pasó por delante del sorprendido Varzi una sombra negra. Por la única luz de los faros encendida, Varzi constató que debía de ser el Alfa Romeo de Nuvolari, que le había adelantado sin luz. Este último volvió a apagar los faros y dio aún más gas. Esta maniobra sorprendió de tal modo a Varzi que, de hecho, Nuvolari se pudo hacer con la victoria con un coche más lento.

Récords insólitos

Caroline Ederele no era ni siquiera una adolescente cuando, en 1919, consiguió el récord mundial de natación de estilo libre de 800 metros, ya que sólo tenía 12 años. Desde entonces nadie tan joven ha vuelto a conseguir un récord mundial.

John Flanagan es también insuperable, precisamente por ser el deportista más veterano que se hiciera con un récord mundial. En 1909, este estadounidense de casi 42 años envió el martillo a una distancia de nada menos que 56,18 metros.

Rapidez de la pelota

En el tenis, los golpes de pelota pueden alcanzar una velocidad superior a los 200 km/h. Pero esto no es nada comparado con la velocidad de tiro que alcanza la bola en la pelota vasca. En este deporte nacional vasco, la pelota supera los 300 km/h.

Con ayuda del rival

En el torneo olímpico de hockey sobre hielo de 1960, los estadounidenses no habrían ganado nunca la medalla de oro sin la colaboración rusa. Después de que los jugadores estadounidenses hubiesen vencido inesperadamente a Canadá y a la antigua Unión Soviética, se enfrentaron en la final contra la antigua Checoslovaquia. Transcurridas dos terceras partes del partido, el marcador indicaba 3 a 4 en contra de los estadounidenses, que estaban completamente agotados. El aire de las alturas de Sierra Nevada y los dos duros partidos anteriores parecían estar pasándoles factura. Durante la última pausa, cuando los estadounidenses estaban sentados en su cabina absolutamente rendidos, apareció el ruso Sologubov indicando a los jugadores que respiraran oxígeno puro. Sin duda recuperaron las fuerzas, porque el equipo estadounidense salió triunfante, venciendo a Checoslovaquia por 9 a 4.

Boom de espectadores

Casi 200.000 espectadores acudieron al estadio de Maracaná, en Río de Janeiro, para asistir al último partido del campeonato del mundo de 1950, en el que se enfrentaban Brasil y Uruguay. Ningún otro partido de fútbol ha registrado nunca semejante afluencia de público. Por lo demás, Uruguay ganó a los consternados brasileños en su propia casa por 1 a 2.

Bádminton

Una pelota de bádminton admite una rápida aceleración debido a que su configuración le permite tanto acelerar como parar a gran velocidad. Esta cualidad constituye precisamente el reto de este juego, entre otras cosas. En general, la pelota vuela pocas veces a más de 10 metros, aunque, en una ocasión, el californiano Frank Rugani consiguió lanzar una bola de bádminton a 24 metros de distancia.

Saltadores

Para el disfrute de los turistas y también para ganarse la vida, algunos jóvenes suelen realizar un intrépido salto de 26,7 metros de altura, lanzándose al mar desde el acantilado de la Quebrada, en Acapulco (México). No obstante, la mayor dificultad no es la altura, sino que los saltadores tienen que desviarse unos ocho metros para zambullirse en una zona en que el fondo marino es de 3,65 metros.

La profundidad de salto de los jóvenes de Acapulco es relativamente pobre en comparación con la del suizo Olivier Fravre, quien en 1987 saltó al agua desde 53,9 metros de altura.

Ni un gol

Si los porteros tuvieran que elegir un modelo, dos guardametas ocuparían un lugar privilegiado. El primero sería Dino Zoff, guardameta del equipo italiano que no dejó entrar ni un gol durante los partidos nacionales celebrados entre septiembre de 1972 y junio de 1974, esto es, durante un total de 1.142 minutos de juego. El segundo sería Abel Resion, quien, en 1991, consiguió mantener limpia la portería del Atlético de Madrid durante más tiempo aún, esto es, durante

1.275 minutos exactamente. Además, no le cogieron desprevenido en ningún partido de liga.

Con las manos

No es necesario utilizar los pies para avanzar. Así lo prueba el austriaco Johann Hurlinger, que recorrió el trayecto de Viena a París únicamente con las manos. Tardó 55 días, cada uno de los cuales andó con las manos durante 10 horas.

Equivocado

En 1938, el entusiasta piloto Douglas Corrigan iba a emprender una gran aventura con su monoplano. Su idea era volar desde Nueva York hasta California, pero resultó que, al día siguiente, aterrizó en Irlanda. No podía explicar la razón que le había llevado a volar en dirección errónea y tampoco había sido consciente de ello durante el vuelo. Es muy probable que si las autoridades competentes hubieran sospechado algo a este respecto habrían suspendido el vuelo, ya que el viejo avión de Corrigan no era en absoluto adecuado ni estaba equipado para sobrevolar el Atlántico.

El Polo Norte atrae

El Polo Norte ha sido abordado con los medios de transporte más diversos. En 1968, un grupo de cuatro personas lo alcanzó con cuatro trineos a motor. En 1978, el japonés Uemura hizo el recorrido en solitario con un trineo arrastrado por 17 perros. En 1986, el francés Jean Louis Étienne consiguió llegar hasta allí completamente solo, es decir, sin perros. Y, en 1987, el japonés Fukashi Kamazi lo hizo conduciendo una motocicleta de 250 centímetros cúbicos.

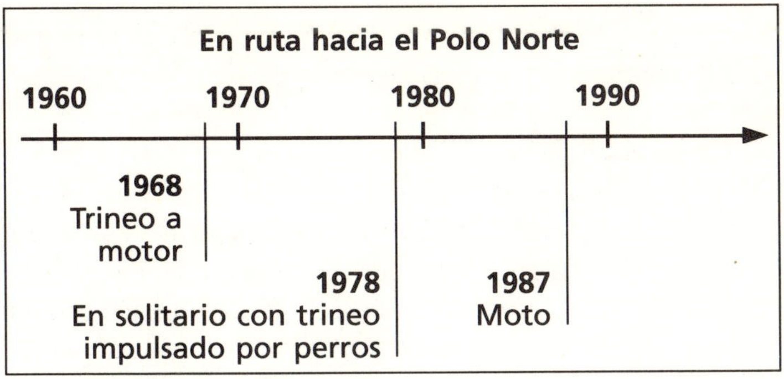

Esforzados navegantes

Los logros de Colón, Magallanes o Cook son dignos de admiración. Pero, en lo que respecta al esfuerzo, se quedan a la zaga de los navegantes polinesios, que conquistaron las islas del océano Pacífico entre Nueva Zelanda y Hawai antes de que concluyera el primer milenio. Sus barcos no eran más que simples batangas. Hay que tener en cuenta además que las diminutas islas del océano Pacífico están dispersas en una gigantesca superficie de aproximadamente 14 millones de kilómetros cuadrados. Pero lo más sorprendente de todo es que los polinesios no conocían la brújula.

Corredor rápido

El ciclista profesional Chris Huber consiguió en el desierto de Colorado un récord insuperable recurriendo sólo a la fuerza muscular, ya que alcanzó con la bicicleta una velocidad máxima de 110 km/h. Para ello no requirió la ayuda de un preparador; simplemente acopló un revestimiento aerodinámico a su bicicleta.

ARTE Y CULTURA

Vincent van Gogh pintaba cuadros de brillantes colores, aunque seguramente la oscuridad reinaba en su alma. Con el tiempo, llegó a estar tan trastornado que se cortó una oreja, circunstancia que cubriría a este pintor genial de un halo de leyenda.

Tratándose de arte y cultura, a menudo encontramos personas que se apartan de las normas y no se conforman con un destino trivial. Unos corren la suerte de Van Gogh y siguen vivos en la memoria de los hombres durante generaciones. Así sucede, por ejemplo, con estrellas de cine como Marilyn Monroe o James Dean, quienes a causa de su trágica muerte han sobrevivido a sus colegas y se han convertido en un mito.

Otros se ganan la gloria eterna consiguiendo un increíble éxito de público. El más brillante representante de esta categoría es el director de cine Steven Spielberg, cuya película *Parque Jurásico* ha batido todos los récords de exhibición. Es más, en la batalla por obtener el mayor récord de taquilla de la historia del cine, Spielberg tuvo que enfrentarse contra un poderoso adversario: él mismo. Así, películas como *E.T.* o *Tiburón* le hicieron merecedor, mucho tiempo atrás, del título de ganador absoluto. Hoy por hoy, los siete largometrajes de mayor éxito son suyos y no parece que su carrera vaya a acabar aquí.

Pero el éxito de público también puede tener dimensiones temporales. Así, *La ratonera* de Agatha Christie es la obra teatral que se ha representado ininterrumpidamente durante más tiempo, desde 1952 nada menos. Es imposible calcular el número de actores que la han interpretado, así como el número de espectadores que la han visto, aunque se estima que deben de ser unos diez millones.

La autora Barbara Cartland tiene también una enorme acogida de público, prueba de ello es que la tirada global de sus libros vendidos asciende a 600 millones de ejemplares. Sin duda no encontrará imitadores fácilmente. Pero no menos sorprendente es que tal tirada está formada por 550 novelas distintas. Esto hace suponer que en un solo año publicaba 20 libros, lo que significa que escribía cada uno de ellos en poco más de dos semanas.

No obstante, la productividad no es siempre el baremo adecuado para valorar las obras de arte. Sin duda alguna, el mejor criterio es calibrar si una obra de arte conmueve a quien la contempla o a quien la lee. Por otra parte, un examen que atienda al valor económico es mucho más materialista, aunque siempre hay obras de arte que se sustraen casi completamente a esta perspectiva. ¿Cuál es el valor de un cuadro, por ejemplo? En realidad, sólo se puede averiguar cuando se pone a la venta. Así, en la galería Christies de Nueva York se pagaron 82,5 millones de dólares en 1990 por un Van Gogh; un autorretrato del joven Picasso encontró comprador por 47,85 millones de dólares. Pero ¿qué decir de la Mona Lisa? Los expertos consideran que es la pintura más valiosa del mundo. En 1962, una compañía de seguros estimó su valor en unos 100 millones de dólares (aunque no se llegó a un acuerdo a causa de las primas exorbitantes). Con todo, ciertamente tiene un precio: el que pagó en 1517 el rey Francisco I, quien desembolsó 4.000 florines de oro por la pintura, o sea, el equivalente a 15,3 kilogramos de oro (por lo demás, deseaba decorar con ella su cuarto de baño). Actualmente está expuesta en el Louvre de París y nadie piensa desprenderse de ella. Por esta razón no podemos saber cuál es el valor real de la Mona Lisa en dinero, al menos por ahora.

Los brazos de la Venus de Milo

Quién no se ha preguntado alguna vez adónde han ido a parar los brazos de la Venus de Milo, la estatua más famosa del mundo, que en la actualidad se puede contemplar en el Louvre. Lo cierto es que de hecho existieron, pero se perdieron debido a la codicia humana –lo que supuso una catástrofe para el arte, sin duda–. En 1820, tanto los franceses como los turcos querían apropiarse de la famosa estatua, así que se desató una batalla entre ambas partes. Entretanto, los griegos condujeron la estatua mar adentro en un pequeño bote y, debido a la confusión que originó el apresurado embarque, los brazos de la Venus de Milo se rompieron y se hundieron en el mar para siempre. Los franceses fueron los primeros en alcanzar el bote con la estatua ya sin brazos, tras lo cual se la llevaron a París.

Gracias al campesino griego que durante años aseguró haber sido el primero en descubrirla podemos hacernos una idea de la posición de sus brazos: con la mano derecha se recogía el vestido y en la mano izquierda sostenía una manzana.

Falsificador

Hans van Meegeren fue sin duda el mejor falsificador de todos los tiempos, y sin duda nunca habrían llegado a detenerle si no hubiera vendido a Hermann Göring un Vermeer falso. Al finalizar la guerra, el gobierno holandés –que también estaba convencido de la autenticidad del cuadro– acusó a Van Meegeren de haber vendido al enemigo un tesoro nacional. Lógicamente, Van Meegeren había entregado una falsificación, así que para corroborar su declaración, pintó ante el tribunal un nuevo Vermeer. Por otra parte, es evidente que Van Meegeren no es el mejor falsificador, sino el mejor falsificador conocido; no cabe duda de que el mejor falsificador tiene que ser uno al que no se haya podido descubrir.

Dos talentos

Todos conocemos a Samuel Morse como el inventor del telégrafo eléctrico y del código morse. Pero también habría podido adquirir renombre como pintor, pues tenía fama de ser un prestigioso retratista e incluso fue el fundador de la Academia Nacional de Diseño. Además, trabajó durante 40 años como profesor de arte en la Universidad de Nueva York.

Colores fundamentales

Los artistas y los científicos no se ponen de acuerdo a la hora de determinar cuáles son los colores fundamentales. Los pintores atribuyen esta propiedad al rojo, el amarillo y el azul, mientras que los físicos la reconocen en el rojo, el verde y el azul. Pero esto tiene sus razones. Los pigmentos de los colores rojo, verde y azul se pueden mezclar en cualquier proporción imaginable y sin embargo no darán nunca el amarillo. Ahora bien, si un rayo luminoso rojo y un rayo luminoso verde coinciden, surge el amarillo.

Obra colosal

La obra completa de Pablo Picasso ha sido valorada en 128.000 millones de pesetas aproximadamente. Esta desorbitante suma no se debe sólo al talento y la celebridad del pintor, sino también a su extraordinaria productividad. Picasso realizó a lo largo de toda su vida unos 13.500 cuadros, entre ellos litografías, grabados y aguafuertes, así como más de 30.000 ilustraciones para libros.

Por otra parte, Picasso era plenamente consciente del valor de su obra. En cierta ocasión, hizo desaparecer del lienzo un cuadro que no le gustaba con esta apreciación: «Soy tan rico que acabo de borrar 100.000 francos».

Pero si Picasso pudo convertirse en un artista mundialmente famoso fue en parte gracias a su tío. Cuando Picasso nació, la comadrona creyó que el recién nacido estaba muerto y lo arrinconó a un lado. El tío vio casualmente al niño tendido sobre una mesa haciendo ostensibles esfuerzos por respirar, de modo que fue en busca de un médico, que le devolvió la vida definitivamente.

También es un hecho conocido que Picasso, a los 15 años, realizó el examen de ingreso en la Academia de Bellas Artes –para el que los estudiantes tenían un mes de plazo– en un solo día y que su trabajo obtuvo el primer premio, superando así a todos los demás opositores adultos.

Penoso equívoco

El director del Museo de Arte de Nueva York debía de tener un mal día cuando autorizó el emplazamiento de *Le bateau* de Henry Matisse. Tras 47 días, y después de que 1.000 visitantes hubieran visto el cuadro, alguien advirtió que en todo aquel tiempo había estado colgado completamente del revés.

Efecto calmante

El británico John Cage compuso en 1952 una obra que lleva por título *4,33*. Se llama así porque su duración es de 4 minutos y 33 segundos exactamente. Cage la escribió para toda clase de instrumentación y la estructuró en tres frases musicales, pero durante todo el tiempo que dura su ejecución no se distingue tono alguno. Desde entonces no se ha vuelto a componer una pieza musical tan suave.

Suerte en la lotería

Cabe suponer que en el mundo habría un pintor famoso menos de no haber existido la lotería. En cualquier caso, Claude Monet pudo dejar su trabajo y tomar el pincel cuando en 1891 ganó 100.000 francos en la lotería nacional.

Según el tiempo

Es bien sabido que Claude Monet podía estar trabajando en cuatro o cinco pinturas a la vez. De modo que, según el tiempo que hacía, se dedicaba a una o a otra.

El agraciado

Leonardo da Vinci está considerado un genio universal. Como pintor, realizó muchas obras impresionantes, entre ellas la más valiosa del mundo, la Mona Lisa. Como científico, ideó máquinas demasiado avanzadas para su tiempo, como, por ejemplo, el helicóptero. Pero, por si esto no fuera suficiente, sus contemporáneos le describían como el hombre más agraciado que hubiese vivido nunca.

Laberinto artístico

En la galería de arte ubicada en el Palacio de Invierno, contigua al Museo del Ermitage de San Petersburgo, uno puede llegar a perderse. Los pasillos tienen 24 kilómetros de longitud y abarcan 322 galerías en las que se conservan más de tres millones de tesoros artísticos.

Artista temprano

Ciertamente, las duras condiciones de vida no han sido impedimento para que los hombres manifestaran su inclinación por la representación artística. Tenemos conocimiento de pinturas realizadas en colores vistosos ya en la Edad de Piedra, pinturas que en la actualidad se consideran las obras de arte más antiguas del mundo.

Falta de talento

Paul Cézanne no pudo ingresar en la Escuela de Bellas Artes porque el tribunal consideró que no poseía las aptitudes idóneas.

Valioso autógrafo

De William Shakespeare sólo hay siete firmas que se juzgan auténticas. No obstante, cabe la posibilidad de que se encuentre algún otro autógrafo del poeta inglés más famoso de todos los tiempos. En tal caso, la firma tendría un valor superior a los 261 millones de pesetas.

Gigantesco

El pintor francés Phlippoteux, ayudado por 15 asistentes, estuvo trabajando durante más de dos años en el cuadro más grande del mundo. Éste representa la batalla de Gettysburg y tiene 125 metros de longitud por 21,3 metros de altura (el equivalente a la mitad de la superficie de un campo de fútbol). En realidad, habría que matizar que tendría tal superficie en el supuesto de que la obra estuviese intacta, puesto que esta pintura gigantesca únicamente se conserva en parte.

Preciado regalo

En una fiesta de Nochebuena, el compositor Cole Porter compró a una anciana que vivía en la vecindad 20 pinturas que pensaba regalar a sus amigos. Unos años después, los agasajados descubrieron que poseían pinturas originales de Grandma Moses, acaso la pintora estadounidense más famosa de aquella época.

Libro noble

Nunca se ha pagado tanto por un libro como por el evangeliario de Enrique el León. En 1983, la República Federal de Alemania lo adquirió por 2.821.410.000 pesetas. El libro es de 1175 y destacan en él las preciadas ilustraciones realizadas por un monje. En total comprende 226 hojas, de manera que cada hoja cuesta unos 12.484.500 pesetas aproximadamente.

Amor a la patria

El famoso escultor Auguste Rodin legó toda su obra a Francia, su país natal. Por su parte, el gobierno francés decidió corresponder al hijo de Rodin otorgándole una pequeña renta.

Fiebre del cómic

Los japoneses utilizan más papel para imprimir cómics que para fabricar papel higiénico. El delirio que despiertan las historietas ilustradas es tan grande que cada mes se venden como mínimo 1.500.000.000.000 de cómics. No se trata de delgadas libretitas, sino que, por el contrario, suelen ser libros gruesos que a menudo tienen más de 400 páginas. No es extraño que la comicmanía tenga su importancia en la vida cotidiana. Cualquiera que viaje en los transportes públicos podrá ver que los japoneses adultos están ensimismados leyendo su cómic.

Resonancia celestial

Los instrumentos del fabricante de violines Antonio Stradivarius están muy buscados y son célebres por su inimitable resonancia. Dado que en todo el mundo sólo deben de existir unos 650 violines Stradivarius, el precio es proporcionalmente elevado. En 1990, un stradivarius pasó a manos de su comprador a cambio de 226,2 millones de pesetas. Nunca hasta entonces se había pagado tanto por un instrumento.

El hombre es autosuficiente

En la Inglaterra de la Edad Media, la cultura de la mesa no estaba muy desarrollada. Así, por ejemplo, se daba por supuesto que cada invitado llevaba consigo su propio cuchillo. El tenedor no apareció hasta el siglo XVI. Y hubo que esperar hasta el siglo XVII para que los señores comieran con cuchillo y tenedor.

Un ex presidente caro

Ronald Reagan tiene todo el derecho a decir que ha representado muchos papeles en su vida, aunque seguramente el ex presidente estadounidense nunca habría imaginado que también podría tener éxito como autor de cartas. De hecho, una carta escrita de su puño y letra y dirigida a Frank Sinatra se vendió por 12.500 dólares. Nunca antes un documento dirigido a otra persona había sido valorado en un precio tan alto.

Problema de escritura

Originariamente, los antiguos griegos escribían sus textos de izquierda a derecha; la línea siguiente, de derecha a izquierda; a continuación, nuevamente de izquierda a derecha; luego, evidentemente, de derecha a izquierda; y así hasta formar una ininterrumpida serpiente de letras. Hasta el año 500 a. C. aproximadamente no se decidió establecer la uniformidad de la escritura y lectura tal como corresponde a la actualidad, a saber, de izquierda a derecha.

Superstar

En los años sesenta y setenta, los Beatles reunían más público que cualquier otra banda u orquesta. Uno de sus miembros consiguió –posteriormente y en solitario– atraer el mayor número de espectadores con entrada que haya podido acudir a un concierto: en 1990, Paul MacCartney tocó en el estadio de Maracaná de Río de Janeiro ante 184.000 oyentes.

Prohibido bañarse

En la ciudad estadounidense de Boston, la cultura del cuidado personal sufrió un duro golpe en 1845, cuando los concejales prohibieron tener una bañera en propiedad.

Sin respiro

Parece evidente que lo bueno no tiene por qué ser siempre breve. Se ha demostrado que en la novela *Los miserables* de Victor Hugo hay una frase kilométrica formada por 823 palabras, 93 comas, 51 punto y comas y cuatro incisos. Si lo comparamos con el libro que tienen ahora mismo en sus manos, esto significa que la frase de Hugo ocuparía unas tres páginas impresas.

Moda religiosa

La comunidad religiosa de los puritanos utiliza sólo corchetes y presillas para abrochar sus ropas. Los botones están prohibidos porque se considera que son una forma de ostentación.

En todas las bocas

La canción que se canta con más frecuencia es «Happy birthday to you...».

Bibliófilo

Nunca se han reunido tantas obras escritas como en la biblioteca del Congreso de Washington, donde se encuentran 100 millones de ejemplares. Las estanterías de esta biblioteca tienen una longitud aproximada de 940 kilómetros; para recorrerlas a paso normal, se requieren más de 188 horas, o sea, casi ocho días.

Visiblemente enfadada

En 1909, cuando la nadadora australiana Annette Kaufmann apareció en la playa de Boston, fue apresada enseguida por herir la moral pública de forma grosera. A todo esto, llevaba un traje de baño de manga corta y pantalones que terminaban cinco centímetros por encima de la rodilla.

El Oscar

Pocos actores (entre ellos Marlon Brando, Dustin Hoffman e Ingrid Bergman) han ganado dos veces un

Oscar, el premio más importante del mundo cinematográfico. No obstante, en el firmamento de los Oscar destacan especialmente los dos Oscar consecutivos obtenidos por Spencer Tracy y Tom Hanks y sobre todo las 12 nominaciones y cuatro Oscar conseguidos por Katherine Hepburn.

Cultura de ley

En la ciudad californiana de Pacific Grove una ley local prohíbe matar o acosar a las mariposas.

Cruz y raya

Muchas personas no se pueden imaginar un periódico sin crucigrama. No obstante, esta forma de acertijo es relativamente reciente. El primero se publicó en 1875 y era un recuadro de 9 casillas de lado. Desde entonces, los crucigramas han proliferado, y no sólo en lo que respecta a la tirada sino también en sus dimensiones. Supuestamente, el crucigrama más grande que haya ideado un hombre hasta ahora consta de 12.000 palabras horizontales y 13.000 verticales. Además, con la ayuda del ordenador, resulta relativamente fácil configurar crucigramas de cualquier tamaño. La pregunta es quién tiene tiempo de resolverlos.

En pago a sus honorarios

Rudyard Kipling no tenía dinero para pagar a la comadrona de su primer hijo. Por ello, le entregó un manuscrito recomendándole que lo vendiera al cabo de unos años, ya que entonces probablemente podría reportarle algún dinero. El manuscrito era *El libro de la selva*, así que después de venderlo, efectivamente, la comadrona se vio libre de todos sus problemas económicos.

Pseudónimo

El escritor estadounidense Samuel Lanhorne Clemens se hizo célebre con el nombre de Mark Twain y con historias como *Tom Sawyer* y *Huckleberry Finn*. Pero había tomado prestado su pseudónimo. Antes que él, Isalah Sellers lo empleaba para firmar sus artículos periodísticos y, además, era la voz que lanzaban los marineros que navegaban por el Mississippi al sondear la profundidad de las aguas.

Oro en el gaznate

Aunque los discos no recibieron una amplia acogida en su tiempo, lo que limitó la fuente de ingresos de los cantantes, Enrico Caruso es considerado aún hoy el beneficiario absoluto en su profesión. A su muerte, en 1921, su patrimonio ascendía a lo que en la actualidad serían unos 3.480 millones de pesetas. Caruso debe una parte de su fama a los discos que, en aquel tiempo, eran una absoluta novedad. Como la voz de Caruso fue una de las primeras en oírse en aquellos primeros discos comerciales, disfrutó de inusuales atenciones.

Conocido por sí mismo

Isaac Newton se hizo célebre por sus dotes geniales como matemático y físico. Con todo, él siempre sostuvo que la mejor de sus obras era la interpretación personal del Libro de Daniel. Pero la posteridad no ha tomado nota de ello.

Osadía

Cuando Dar Robinson saltó en 1979 desde la Torre CN de Toronto, de 553,34 metros de altura, estaba rindiendo un servicio a la industria del cine. No abrió su paracaídas hasta estar a 91 metros del suelo. Por semejante acto temerario, este especialista se embolsó por una sola escena el dinero que jamás había ganado nadie de su profesión, a saber, 100.000 dólares.

Alfabeto Braille

Aldous Huxley aprendió el alfabeto Braille para cuidar así de sus ojos y también para disfrutar del placer de leer en la cama, en la oscuridad, cómodamente y con las manos debajo de un cálido edredón.

Tortuga mortal

Sobre el dramaturgo Esquilo se cuenta que un águila soltó de sus garras a una tortuga, que había confundido con una roca, y que ésta fue a caer, precisamente, sobre su cabeza. El hecho de que el águila quisiera aplastar el caparazón de la tortuga de esta forma se convirtió en la perdición del dramaturgo griego.

Ejemplar único

El obispo gótico Ulfilas inventó un alfabeto adicional para traducir la Biblia en gótico. Ésta se conserva como el único libro en gótico.

Libros perecederos

Los libros impresos entre 1900 y 1940 sólo permanecerán entre nosotros hasta comienzos del nuevo siglo, ya que el papel se va deshaciendo lentamente. La causa de esto radica en los ácidos que contiene la madera del papel y en la contaminación. Los libros antiguos se conservan mejor porque se elaboraban con trapo.

God save the Queen

Lamentablemente, los británicos no pueden reivindicar su himno nacional para ellos solos. La melodía, de quien se ignora el compositor, se utilizó como himno nacional en países como Alemania, Rusia y Suecia. Además, aproximadamente 100 compositores tocaron la pieza, entre ellos Beethoven, Brahms y Haydn.

Sin notas

Uno de los más célebres compositores estadounidenses, Irving Berlin, entonaba las canciones a su secretaria para que ésta las escribiera, ya que él no sabía leer ni escribir las notas.

Amado público

Charlie Chaplin alcanzó en los años veinte y treinta una popularidad tan grande que cuando visitó Londres, la ciudad donde había nacido, recibió en dos días 73.000 cartas.

Desconfiada

Los bancos no le merecían ninguna confianza a la famosa actriz Sarah Bernhardt. Por esta razón, cobraba siempre en monedas de oro; cuando las monedas de oro ya no le cabían en su desgastado maletín de piel, pasó a colocarlas en un cofre que guardaba debajo de su cama.

ERRORES Y CATÁSTROFES

Era domingo y la isla de Tenerife estaba sumida en la niebla. En el aeropuerto de Santa Cruz, dos Jumbo-Jets del tipo Boeing 747 se preparaban para despegar. El Jumbo de la KLM fue el primero en alcanzar el extremo de la pista y viró para colocarse en posición de despegue. Por su parte, el Jumbo de la Pan Am rodaba despacio entre la niebla, en dirección al Boeing de la KLM. El capitán de la Pan Am esperaba recibir de un momento a otro instrucciones de la torre para hacerse a un lado y dejar espacio en la pista al Boeing de la KLM. Pero el piloto del avión de la KLM, creyendo tener ya la pista libre, dio impulso a la máquina. Debido a este error, el Jumbo holandés, con 229 pasajeros y 15 miembros de la tripulación a bordo, chocó contra el avión estadounidense, que esperaba pacientemente el despegue con 370 pasajeros y 16 miembros de la tripulación. A consecuencia de la estrepitosa colisión entre estos dos gigantescos aviones, 582 personas perdieron la vida.

Tampoco el hundimiento del *Titanic* debe atribuirse a un iceberg, sino a un fallo humano, al mismo tipo de fallo que conduciría a la caída del *Zeppelin* y a otros desastres. La historia de las catástrofes está llena de errores, negligencias y descuidos.

Pero también rebosa de misteriosos fenómenos

que durante mucho tiempo han dado pie a historias en las que apenas puede distinguirse la verdad de la ficción. Así, por ejemplo, pocas personas son conscientes de que además del triángulo de las Bermudas –un lugar frente a la costa norteamericana en el que los barcos suelen desaparecer de forma misteriosa–, existen otros lugares en los que se producen innumerables accidentes para los que tampoco hay explicación. Por ejemplo, en el «mar de los demonios», frente a la costa de Japón, una zona marítima que incluso el gobierno japonés ha calificado de peligrosa.

Evidentemente, los japoneses no culpan a las fuerzas sobrenaturales de los barcos que con frecuencia se extravían, sino al mal tiempo y a las olas gigantescas. De ahí que se empleen balizas automáticas para cartografiar regularmente los accidentes meteorológicos que allí se producen.

A menudo pasan años antes de que los hombres descubran las causas de las catástrofes; a veces, la propia ignorancia ha provocado que sus efectos se acentúen aún más. Así ocurrió, por ejemplo, con la peste que asoló Europa entre 1346 y 1350, de la cual fueron víctimas 75 millones de personas. Supuestamente, la peste era transmitida por los piojos de las ratas que llegaron en los barcos procedentes de Oriente Medio. En aquel entonces, se intentaba atajar la terrible enfermedad con medicamentos, toda clase de medidas preventivas y, cuando esto no servía de nada, trataban de ponerle freno incluso con oraciones. Pero los hombres medievales cometieron un error fatal. Como consideraban que los gatos eran los animales domésticos de las brujas, y dado que muchos les atribuían una supuesta relación con la peste, los gatos también fueron perseguidos sin piedad, de modo que las ratas se extendieron sin impedimento alguno y siguieron propagando la enfermedad por todos los rincones de Europa.

En ocasiones, ocurre que la suerte llega en el momento más inesperado. Así le sucedió al británico George Harrison, quien un día recogió, en suelo sudafricano, un pedazo de roca amarilla que resultó ser oro y le convirtió en el propietario de la región donde la había encontrado. La casualidad le había llevado a encontrar la mina de oro más grande de la Tierra. Un presentimiento similar debió de conducir hasta allí al presidente sudafricano Paul Krüger, pues la región pasó a llamarse «Campo de oro público» y Harrison recibió su parte de la región con oro, el «Claim N.º 19», que podría excavar a beneficio propio.

Hasta aquí todo iba sobre ruedas. Pero, con el tiempo, Harrison pareció perder la fe en su hallazgo, así que un día vendió su Claim por 10 míseros dólares. Más tarde, en el filón que había descubierto Harrison, se encontró hasta un millón de kilogramos de oro.

A veces, lo que llama nuestra atención son situaciones simplemente lamentables. Así, en nuestros días, se ha podido oír –no con mucho agrado– en las emisoras de radio y televisión de la BBC británica que, en cierta ocasión, los figurantes negros recibieron sólo una quinta parte del sueldo que percibieron los figurantes blancos por una toma de exteriores efectuada para un reportaje documental sobre África. Para colmo, el documental se llamaba *Lucha contra la esclavitud*.

El pueblo desaparecido

La isla de Roanoke, frente a la costa de Carolina del Norte, fue poblada por 108 ingleses; un año después, a causa de los problemas con los indios y el temor a los huracanes, sus habitantes regresaron a Inglaterra. En su lugar, en 1587, llegaron a Roanoke 118 nuevos colonos. John White, que era el jefe de la colonia, embarcó algunas semanas después hacia Inglaterra en busca de provisiones. A su regreso en 1591, todos los colonos habían desaparecido y lo único que encontró fue la palabra «croatoan» grabada en el tronco de un árbol. Nadie sabe dónde fueron a parar aquellos pobladores.

Con todo, no es la primera vez en la historia que desaparece un pueblo entero. Se tienen noticias de que en 1930 debió de ocurrir algo similar con un pueblo que pareció esfumarse en el norte de Canadá. El trampero Joe LaBelle, que acudía a aquella aldea con cierta frecuencia, se encontró al llegar –en noviembre de 1930– con un silencio sepulcral. Al revisar el pueblo más detenidamente, no pudo encontrar a ninguno de sus habitantes; nunca más volvió a aparecer nadie. Sin embargo, en el caso del hallazgo de LaBelle no deja de sorprender que en el pueblo hubieran cacerolas con comida sobre el fuego y que las canoas permanecieran en la orilla del río. Nada parecía señalar el menor indicio de lucha.

El seísmo más violento de América

El seísmo más violento que ha sacudido América no es el que se produjo en 1906 en San Francisco, como se suele creer, sino el que hubo el 16 de diciembre de 1811, en New Madrid (Missouri). La zona devastada fue mucho más extensa que la afectada por el terremoto californiano, hasta el punto de que la corriente del Mississippí se alteró. No obstante, el terremoto de San Francisco del 18 de abril de 1906 causó más daños materiales.

Panadero olvidadizo

El 2 de septiembre de 1666, un incendio convirtió buena parte de Londres en ruinas y cenizas. El fuego se originó a causa de que el panadero real olvidó apagar la llama del horno al finalizar su agitada jornada. Pero la culpa de que el fuego resultara tan devastador se debe achacar a la ignorancia del alcalde. Cuando contempló el foco del incendio, pensó encogiéndose de hombros «que aquello lo podía sofocar incluso una mujer», así que no hizo nada. Al principio, también muchos otros londinenses se mostraron despreocupados. Sin embargo, poco a poco, el incendio se fue extendiendo hasta convertirse en un auténtico infierno que llegó más allá del puente de Londres. Más de 13.000 casas fueron pasto de las llamas. Con todo, sólo hubo ocho muertos, pues el fuego se fue propagando tan lentamente que los londinenses tuvieron tiempo suficiente para ponerse a salvo.

Proyectiles desde el universo

El impacto causado por los dos meteoritos que se precipitaron sobre la Tierra en nuestro siglo habría bastado para aniquilar ciudades enteras. Pero, por suerte, los proyectiles procedentes del cosmos cayeron en zonas deshabitadas de Siberia, de modo que nadie resultó herido.

18 minutos

El 7 de mayo de 1915, en el intervalo de 18 minutos se hundió el lujoso barco de vapor británico *Lusitania* tras haber sido alcanzado por un torpedo alemán. Perdieron la vida 1.198 personas (la catástrofe del *Titanic* ocasionó 1.513 víctimas y el hundimiento del *Wilhelm Gustloff* en 1945 en el mar Báltico casi 8.000). Por esta razón, el hundimiento del *Lusitania* consta como una de las mayores catástrofes navales que hayan ocurrido jamás. Pero es también una de las más enigmáticas, ya que todavía hoy no se sabe con certeza si además de pasajeros había armas a bordo. Como tampoco se sabe si el ataque del *Lusitania* tenía como objetivo provocar con ello que Estados Unidos tomara parte en la Primera Guerra Mundial (lo que de hecho sucedió, dado que 124 estadounidenses murieron en la catástrofe). Igualmente enigmático resulta que un barco tan gigantesco fuera tragado por las olas en un lapso de tiempo tan corto. ¿Acaso, por un error humano, los depósitos de carga que habrían tenido que mantener el barco a flote se estibaron excesivamente con carbón o, por el contrario, el *Lusitania* llevaba a bordo –efectivamente– material de guerra? En cualquier caso, los submarinistas que bucearon hasta el buque siniestrado informaron de que, según sus cálculos, la explosión que había castigado el casco del *Lusitania* había sido mayor que la que habría originado un torpedo.

Muerte por viruela

Entre 1618 y 1638, unos 60 millones de personas murieron en Europa a consecuencia de la viruela. En aquella misma época, se desencadenó la cruel guerra de los Treinta Años, la cual no causó ni mucho menos tantas víctimas.

Este hecho presenta cierta similitud con la Primera Guerra Mundial. En aquella contienda murieron unos 13,7 millones de personas, un número ya de por sí inimaginable. Pero aún más víctimas reclutó la epidemia de gripe que siguió a continuación, pues ocasionó por lo menos 20 millones de muertos de un total de 1.000 millones de enfermos.

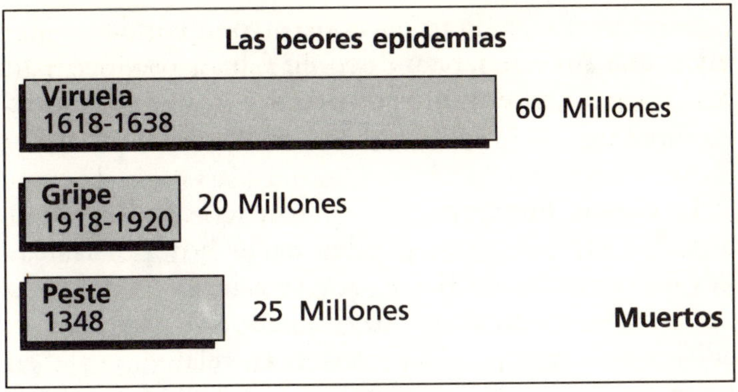

Víctimas de olas gigantescas

Los maremotos pueden originar olas que en el océano parecen sólo ligeras ondulaciones. No obstante, cuando llegan a tierra, estas olas levantan gigantescos muros de agua que pueden alcanzar una altura de 40 metros y desplazarse a una velocidad de 700 km/h. En 1946, un tsunami de estas características arrastró consigo a un número indeterminado de hombres y casas en Hawai.

Día festivo

Con motivo de unos festejos en la ciudad californiana de Ventura, el tamborilero mayor lanzó la baqueta por los aires, con tan mala fortuna que rozó un cable eléctrico. El incidente provocó un cortocircuito que dejó sin suministro eléctrico a 10 manzanas de edificios, así como a una emisora de radio local. Para colmo, un trozo de cable cayó sobre una pradera seca, que se incendió inmediatamente.

El mayor desastre natural

El terremoto ocurrido en Tangshan (China) causó un gran número de víctimas; murieron en total unas

750.000 personas. Pero en 1556, otro movimiento sísmico que tuvo lugar también en China provocó aún más muertes, pues hubieron de ser enterradas 830.000 víctimas.

La ciudad hundida

Sólo los submarinistas pueden nadar hoy por las calles de la ciudad de Baiae, que se asienta en el fondo de la bahía italiana de Pozzuoli. Buena parte de los edificios de la ciudad se conservan relativamente en buen estado y cabe suponer que tanto Cicerón como el emperador Augusto vivieron allí. Baiae debió de hundirse 200 años después del nacimiento de Cristo, cuando Montecarlo formaba parte del Imperio Romano. Un maremoto y varias erupciones volcánicas provocaron el hundimiento de la ciudad, permitiendo que fuera bañada por las olas del mar Mediterráneo.

Las catástrofes de los cargueros

La lentitud de frenado es la causa de que una y otra vez buques mercantes colisionen con otros barcos o con acantilados, originando así enormes desastres. Así, para que un carguero navegando a una velocidad de 16 nudos (apenas 30 km/h) pueda reducir a cero, necesita unos 20 minutos y, a su vez, la distancia de frenado se prolonga seis kilómetros como mínimo.

El destino del automovilista

El francés Nicholas Cugnot construyó un primer automóvil que se desplazaba sin caballos mucho antes de que Daimler y Benz construyeran los suyos. Como motor hacía servir una máquina de vapor. Cugnot fue además la primera víctima de un accidente de automóvil, ya que mientras realizaba su primera prueba se estampó contra un muro de ladrillo. Asimismo, Cugnot fue el primer hombre encarcelado por culpa de su automóvil. Efectivamente, lo metieron entre rejas por conducir de forma temeraria.

Profetas

El vidente Vestritius Spurinna advirtió a Julio César con estas palabras: «Guárdate de los *idus* de marzo». Otro adivino le alertó sobre Casio, uno de sus consejeros, e incluso su propia esposa Calpurnia soñó la noche anterior al 15 de marzo (los *idus*) del año 44 a. C. que su esposo sería apuñalado. César hizo caso omiso de todas las profecías y al día siguiente se dirigió al foro romano, donde fue apuñalado poco antes del mediodía.

La actriz estadounidense Carol Lombard también ignoró la advertencia de un presagio. La ama de casa Jeane Dixon, conocida ya en los años cincuenta como vidente, le había recomendado no viajar en avión por aquellas fechas. Sin embargo, la señora Lombard dejó que una moneda lanzada al aire decidiera. Si salía cara, anularía el vuelo; si salía cruz, volaría. Al tirar la moneda, salió cruz; tres días después, Carol Lombard perdía la vida en un accidente aéreo.

Fuerza volcánica

La mayor erupción volcánica de la historia tuvo lugar en el año 1500 a. C., en algún lugar de esa zona del mar Mediterráneo a la que hoy llamamos mar Egeo. La erupción en la isla griega de Santorini lanzó 25 kilómetros cúbicos de cenizas a la atmósfera, abrió una grieta de 800 metros de profundidad y originó un cráter que medía 80 kilómetros. Es posible que esta erupción volcánica haya dado lugar a la leyenda del hundimiento de la Atlántida.

110 años de guerra

Durante siglos no existió acuerdo acerca de si Berwick-upon-Tweed pertenecía a Inglaterra o a Escocia, de ahí que los derechos de soberanía cambiaran a menudo. En 1482, al caer Berwick en manos de Inglaterra, este detalle se mencionó de forma muy explícita en todos los documentos oficiales, de modo que la situación de Berwick quedase suficientemente clara. Pasó el tiempo y, un día, Inglaterra declaró la guerra a Rusia «en nombre de la reina Victoria, la soberana de Gran Bretaña, Irlanda, Berwick-upon-Tweed y todas las colonias británicas». Pero en el acuerdo de paz de 1856, olvidaron mencionar Berwick en el documento. Esto trajo como consecuencia que Berwick permaneciera 110 años en guerra con Rusia, hasta que, en 1966, un delegado ruso firmó la paz con la ciudad durante una visita.

Coincidencia

El 5 de diciembre de 1664, un barco se hundió frente a la costa de Gales y sólo sobrevivió uno de los 81 pasajeros, un hombre que se llamaba Hugh Williams. El 5 de diciembre de 1785, volvió a ocurrir una catástrofe naval en el mismo sitio y sólo hubo un superviviente, un hombre llamado Hugh Williams. El 5 de diciembre de 1869, otro barco se sumergió hasta el fondo del mar en aquel mismo lugar y de las 25 personas que iban a bordo sobrevivió sólo uno, que nuevamente llevaba el nombre de Hugh Williams.

Víctima en vano

En julio de 1978, el estadounidense Bill Quinlan y su sobrino de 18 años, David Lucas, se encontraron en una situación de emergencia marítima y se pusieron a salvo en un bote salvavidas. Tras varios días en aquella pequeña cáscara de nuez en medio del Pacífico, las provisiones y el agua se fueron agotando lentamente. Bill tomó la determinación de aumentar las probabilidades de vida de su sobrino, así que se sacrificó saltando al agua. Se alejó nadando del bote rápidamente; como David no sabía nadar, no pudo salir a buscar a su tío, de modo que no volvió a verlo nunca más. Pero la heroica víctima murió en vano, pues sólo un día después un barco que pasaba por allí subió a bordo a David Lucas.

Designios faraónicos...

Siempre ha habido rumores sobre la maldición faraónica, según la cual quienes interrumpieran el sueño eterno de una momia faraónica encontrarían la muerte. Pero ¿qué hay de cierto en todo esto? El hecho es que lord Carnarvon abrió el sarcófago de Tutankhamón en febrero de 1923 y dos meses más tarde moría en El Cairo –según consta en los informes– a causa de una picadura de mosquito infectada. Algún tiempo después, otro miembro de la expedición, el arqueólogo estadounidense Arthur Mace, murió sin que los médicos pudieran determinar la causa. Asimismo, el secretario de Carnarvon falleció de un infarto en una expedición. George Gold, que había inspeccionado la tumba, murió a las 12 horas de haber concluido su visita. El radiólogo Archibald Reid sometió a la momia del faraón a rayos X y falleció poco después. De modo que a los siete años de haberse realizado la excavación, sólo quedaban con vida dos miembros del grupo de 24 personas que habían completado la expedición.

Dicho sea de paso, también se hallaba a bordo una momia egipcia (la de una profetisa de la época de Amenhotep IV) cuando sobrevino una de las mayores catástrofes navales de todos los tiempos. Cabe achacar al menos una parte de culpa al propio capitán del barco de la White-Star-Flotte por haberse equivocado en sus estimaciones. El barco no era otro que el famoso *Titanic*.

El primero y el último

Si las autoridades militares están en lo cierto, el primer soldado francés desaparecido en la guerra contra Prusia en 1871 y el que cayó el último eran una y la misma persona.

Artistas con gafe

Se considera que los Flying Wallendas eran artistas que atraían la mala suerte. Así, mientras realizaban su ejercicio en la cuerda floja el 6 de julio de 1944 en Hartfort (Connecticut), se prendió fuego en el *Chapiteau*, nombre que la gente del circo daba a la gran carpa. Por esta causa 168 personas perdieron la vida. En enero de 1962 se produjo una caída a consecuencia de la cual dos integrantes del grupo murieron y otra quedó gravemente herida. Asimismo, en marzo de 1978, debido a la gran velocidad del viento, el más veterano de los Wallendas caía desplomado de la cuerda floja.

Extinguidas

A comienzos del siglo IX d. C., las ciudades de los mayas vivían su apogeo en América. Seis siglos más tarde apenas quedaba nada de aquella prestigiosa cultura y nadie es capaz de explicar el porqué.

Avergonzado

Paul Eugène Louis Deschanel retiró su candidatura a presidente de la República Francesa porque estaba demasiado avergonzado, y lo cierto es que este hombre de 64 años tenía sus razones. Mientras viajaba en el Orient Express de camino hacia Lyon, se cayó en pijama del tren. Probablemente sobrevivió de milagro. Pero en 1920 la noticia tuvo tanta difusión en los periódicos que todo el mundo conocía los pormenores del incidente. Deschanel no pudo soportar tener que enfrentarse constantemente a las burlas de que era objeto.

Chiste mortal

Sólo por hacer una broma, durante la fiesta de Nochebuena del año 1913, alguien gritó «fuego» en Calumet (Michigan). Cundió el pánico y 72 personas murieron en el atropello; la mayoría de ellos eran niños.

Oro en paradero desconocido

Como hemos informado anteriormente, George Harrison renunció a la mina de oro más lucrativa del mundo porque no se fiaba del asunto. Asimismo se ha dado el caso de personas que encontraron inmensas fortunas y que, sin embargo, las perdieron irremediablemente. Entre ellos cabe citar a Harold Lasseter, un hombre que a finales del siglo pasado halló un rico filón de oro en un desierto deshabitado en medio de Australia. Como no podía explotarlo él solo, volvió a la civilización con algunos fragmentos con los que probar la productividad de su mina para organizar una expedición.

Sin embargo, su viaje fracasó debido a las condiciones inhumanas del desierto. En 1930, Lasseter financió una segunda expedición en la cual todos los miembros murieron, incluido él mismo, así que en la actualidad, nadie sabe dónde se encuentra la mina de oro.

Probablemente en Arizona exista otra mina de oro en paradero desconocido. Los indios apaches que vivían por aquellos lugares la conocían, y también algunos blancos que acudieron allí al enterarse de dónde estaba. En total, podría decirse que al menos 20 personas estaban informadas de la localización de la mina, aparte de los indios.

No obstante, las referencias de la mina se perdieron en 1890, cuando el médico John Walker recibió el mapa de su localización de la última persona que estaba al corriente de su existencia, aunque nadie hizo uso de él.

Presumido

Si no hubiera sido tan presumido, el archiduque Fernando de Austria quizás habría podido sobrevivir al atentado de Sarajevo que condujo a la Primera Guerra Mundial. Para evitar que el traje le hiciera arrugas cuando estaba sentado, al soberano le cosieron el uniforme una vez puesto. Tras el atentado, hubo que esperar a tener a mano unas tijeras con las que cortar el uniforme; para entonces, el archiduque ya se había desangrado.

ÍNDICE

Título de la edición original: *Das erstaunliche Buch*
Traducción del alemán: Isabel Romero
Diseño: Winfried Bährle

Círculo de Lectores, S.A.
Valencia, 344, 08009 Barcelona
357959068642

Licencia editorial para Círculo de Lectores
por cortesía de Hampp Verlag.

Depósito legal: B. 16929-1995
Fotocomposición: gama, s.l., Barcelona
Impresión y encuadernación: Printer industria gráfica, s.a.
N. II, Cuatro caminos s/n, 08620 Sant Vicenç dels Horts
Barcelona, 1995. Impreso en España
ISBN 84-226-5543-8
N.º 30163